Dans la même collection :

H.P. Lovecraft :
L'Appel de Cthulhu
L'Horreur à Dunwich
La Couleur venue d'ailleurs
L'Affaire Charles Dexter Ward
Le Cauchemar d'Innsmouth
Les Montagnes de la démence

Cthulhu : Le Mythe
Cthulhu : Le Mythe – Les Montagnes de la démence et autres récits
Cthulhu : Le Mythe – L'Affaire Charles Dexter Ward et autres récits
Les Contrées du Rêve

Les Créatures du mythe

Simon :
Necronomicon

Donald Tyson :
Le Grimoire du Necronomicon

S.T. Joshi :
Les Chroniques de Cthulhu

Sébastien Baert :
Cthulhu metal : L'Influence du mythe

François Baranger :
L'Appel de Cthulhu
Les Montagnes hallucinées – Tome 1
Les Montagnes hallucinées – Tome 2

Armel Gaulme :
Les Carnets Lovecraft :
Dagon
La Cité sans nom
Les Rats dans les murs
Le Molosse

Alain T. Puysségur :
Survie en terres lovecraftiennes

H.P. Lovecraft

Les Montagnes de la démence

Traduit de l'anglais (États-Unis) par Arnaud Demaegd

Bragelonne

Collection dirigée par Stéphane Marsan et Alain Névant

Titre original : *At the Mountains of Madness*, 1931
Paru pour la première fois dans *Astounding Stories*,
en février-avril 1936

ISBN : 979-10-281-1266-0

Bragelonne
60-62, rue d'Hauteville – 75010 Paris

E-mail : info@bragelonne.fr
Site Internet : www.bragelonne.fr

I

Si je me vois obligé de parler, c'est parce que des hommes de science refusent de suivre mes conseils sans connaître mes motifs. C'est tout à fait à contrecœur que je vais exposer les raisons pour lesquelles je m'oppose à ce projet d'invasion de l'Antarctique, qui tournerait à la vaste chasse aux fossiles, avec forages à grande échelle et fonte de l'antique calotte glaciaire à la clé. Et je suis d'autant plus réticent que mes avertissements pourraient s'avérer vains.

Étant donné la nature des faits que je m'apprête à révéler, il est inévitable que ceux-ci provoquent l'incrédulité du lecteur ; et cependant, si j'omettais ce qui paraîtra extravagant et incroyable, il ne resterait rien. Les photographies classiques ou aériennes, que, jusqu'ici, je gardais pour moi, témoigneront en ma faveur, car elles sont diablement précises et impressionnantes. Pourtant, on remettra en doute leur véracité, car on peut aller très loin avec des faux habiles. Bien entendu, les gens se riront des dessins à la plume ; ils crieront à l'imposture flagrante en faisant abstraction de la technique singulière qui devrait intéresser et intriguer les experts en histoire de l'art.

En dernier ressort, je dois compter sur le jugement et le prestige des quelques sommités scientifiques qui auront assez d'indépendance d'esprit pour apprécier mes effroyables données sans idées préconçues ou à la lumière de certains cycles mythiques primordiaux et hautement déconcertants, mais seront aussi dotées de l'influence nécessaire pour dissuader l'ensemble des explorateurs du monde de mener tout programme imprudent et trop ambitieux dans la région de ces montagnes de la démence. Il est dommage que des hommes relativement obscurs comme mes associés et moi, qui ne sommes liés qu'à une petite université, aient peu de chances de faire forte impression quand se posent des problèmes par trop bizarres ou polémiques.

Que nous ne soyons pas à proprement parler spécialistes des domaines principalement concernés joue en notre défaveur. Mon objectif, en tant que géologue et chef de l'expédition de l'université Miskatonic, était uniquement de prélever des spécimens de roches et de sol dans les profondeurs de différentes parties de l'Antarctique, avec l'aide de la remarquable foreuse conçue par le professeur Frank H. Pabodie, de notre département d'ingénierie. Je ne désirais aucunement devenir pionnier d'un quelconque autre domaine, mais j'espérais qu'en utilisant cette nouvelle machine pour forer en différents points déjà explorés nous pourrions mettre au jour des matériaux que l'on n'avait encore jamais pu atteindre par des procédés normaux.

L'appareil de Pabodie, comme le public l'a déjà appris à travers nos rapports, était radicalement unique : à la fois léger, portatif, et capable de combiner un petit trépan au principe de forage artésien classique de manière à venir à bout rapidement des couches de dureté variable. Tête d'acier, bras articulés, moteur à essence, derrick pliant en bois, équipement de dynamitage, câblage, foreuse pour le déblayage des déchets, et sections de tuyaux pour forage de cinq pouces de large sur trois cent trente mètres de long en tout, avec les accessoires nécessaires ; trois traîneaux de sept chiens suffisaient à transporter le tout, grâce à l'habile alliage d'aluminium qui composait la plupart des pièces métalliques. Quatre gros avions Dornier, spécialement étudiés pour le vol à très haute altitude qui s'impose sur le plateau antarctique et dotés de dispositifs de réchauffement du carburant et de démarrage rapide de l'invention de Pabodie, purent ainsi emmener notre expédition tout entière depuis une base située au bord de la grande barrière de glace jusqu'à différents points choisis à l'intérieur des terres, d'où nous pourrions continuer avec un contingent suffisant de chiens.

Nous avions prévu de couvrir le maximum de territoire en une saison antarctique – voire plus, si cela s'avérait absolument nécessaire – en nous concentrant sur les chaînes de montagnes et le plateau au sud de la mer de Ross ; des régions plus ou moins explorées par Shakleton, Amundsen, Scott et Byrd. En changeant fréquemment de camp – en avion, afin de parcourir des distances suffisantes pour que les déplacements aient un intérêt sur le plan géologique – nous comptions faire une quantité de prélèvements sans précédent, surtout dans les strates précambriennes où l'on avait jusque-là recueilli des spécimens fort peu variés sur ce continent. Nous souhaitions aussi obtenir la plus grande variété possible de roches fossilifères des couches supérieures, l'histoire de la vie primitive de ce sinistre royaume des glaces étant de la plus haute importance pour la connaissance du passé de la terre. Il est communément admis que le continent antarctique a connu un climat tempéré, voire tropical, et qu'il grouillait de formes de vie végétales et animales dont les lichens, la faune marine, les arachnides et les manchots sont les seuls survivants ; mais nous espérions apporter plus de variété, de précision et de détails sur ce point. Au cas où un simple forage révélerait des signes fossilifères, il était prévu d'élargir l'ouverture à la dynamite afin de prélever des spécimens de taille suffisante et en bon état.

Nos forages, de profondeur variable selon les promesses du sol ou de la roche superficielle, devaient se limiter aux surfaces totalement ou partiellement découvertes ; autrement dit, aux pentes et arêtes, les basses terres étant recouvertes d'un manteau de glace pure d'une épaisseur d'un kilomètre et demi à trois kilomètres. Nous ne pouvions nous permettre de perdre du temps à forer une couche de glace un tant soit peu profonde, même si Pabodie avait élaboré un plan visant à regrouper les sondages puis à enfoncer des électrodes de cuivre dans le manteau afin de faire fondre des zones limitées en faisant passer dans les fils l'électricité produite par une dynamo à essence. C'est ce projet – que nous ne pouvions mettre à exécution dans une expédition comme la nôtre, sinon à titre expérimental – que la future expédition Starkweather-Moore se propose de mettre en œuvre malgré les avertissements que je diffuse depuis notre retour de l'Antarctique.

Le public a entendu parler de l'expédition de l'université Miskatonic grâce aux fréquents communiqués envoyés par TSF à l'*Arkham Advertiser* et à l'Associated Press, mais aussi à travers les articles que Pabodie et moi avons publiés après notre retour. L'expédition était constituée de quatre chercheurs de l'université – Pabodie, Lake du département de biologie, Atwood du département de physique mais aussi météorologue de son état, et moi-même, qui représentais la géologie et assurais le commandement nominal – plus seize assistants : sept étudiants diplômés de l'établissement, et neuf mécaniciens compétents. Sur ces seize personnes, douze étaient qualifiées pour piloter un aéroplane, dix d'entre elles sachant aussi se servir d'une radio. En plus de Pabodie, Atwood et moi, huit assistants s'y entendaient en navigation au compas et au sextant. Et bien sûr, nos deux navires – d'anciens baleiniers de bois renforcés pour affronter les glaces et munis de moteurs auxiliaires à vapeur – possédaient un équipage complet.

La fondation Nathaniel Derby Pickman finança l'expédition avec le concours de quelques contributeurs particuliers ; aussi nos préparatifs furent-ils extrêmement minutieux malgré le manque de publicité. Les chiens, les traîneaux, les machines, le matériel de campement et les pièces détachées de nos cinq avions furent livrés à Boston, où l'on chargea nos navires. Nous étions merveilleusement bien équipés pour nos objectifs spécifiques et, pour tout ce qui concernait l'approvisionnement, le régime de vie, les transports et la construction des camps, nous pouvions suivre l'excellent exemple de nos nombreux et néanmoins exceptionnellement brillants prédécesseurs récents. C'est le nombre étonnant et la renommée desdits prédécesseurs qui firent que notre expédition, si ambitieuse fût-elle, passa presque inaperçue chez le grand public.

Comme le rapportèrent les journaux, nous quittâmes le port de Boston le 2 septembre 1930 puis, tranquillement, nous longeâmes la côte, franchîmes le canal de Panamá, et fîmes escale aux Samoa, puis à Hobart en Tasmanie, où nous chargeâmes nos dernières provisions. Personne parmi nous n'étant encore allé dans les régions polaires, nous nous reposâmes beaucoup sur les capitaines de nos bateaux, tous deux baleiniers vétérans dans les eaux de l'Antarctique : J.-B. Douglas, commandant le brick *Arkham* et responsable de tout ce qui concernait l'équipage et les navires, et Georg Thorfinnssen, à la tête du trois-mâts barque *Miskatonic*.

Tandis que nous laissions derrière nous le monde habité, le soleil s'enfonçait de plus en plus au nord, et restait chaque jour un peu plus longtemps au-dessus de la ligne d'horizon. Vers 62° de latitude sud, nous vîmes nos premiers icebergs – des monstres en forme de plateau avec des parois verticales – et, juste avant d'atteindre le cercle polaire, que nous traversâmes le 20 octobre avec les pittoresques cérémonies de rigueur, nous commençâmes à être sérieusement gênés par la banquise. Je souffrais beaucoup de la chute de température après notre longue traversée des tropiques, mais faisais de mon mieux pour me préparer aux rigueurs à venir, qui seraient pires. J'eus maintes occasions de m'émerveiller devant les effets atmosphériques, notamment un mirage saisissant de réalisme – le premier que j'aie jamais vu – dans lequel les lointains icebergs formaient les remparts d'inimaginables châteaux cosmiques.

Nous nous frayâmes un chemin à travers les glaces qui, heureusement, n'étaient ni étendues ni épaisses, et retrouvâmes les eaux libres par 67° de latitude sud et 175° de longitude est. Le matin du 26 octobre apparut au sud un fort miroitement annonçant la terre ; avant midi, nous ressentîmes tous un frisson d'excitation devant le spectacle d'une vaste chaîne de montagnes élevées et couvertes de neige, chaîne qui se déployait devant nous sur toute la longueur de l'horizon. Nous rencontrions enfin un poste avancé du grand continent inconnu, mystérieux monde de mort glacée. Il s'agissait de toute évidence de la chaîne de l'Amirauté découverte par Ross, et nous allions à présent devoir contourner le cap Adare avant de longer la côte est de la terre Victoria jusqu'à notre future base sur le rivage du détroit de McMurdo, au pied du volcan Erebus, par 77° 9' de latitude sud.

La dernière partie du voyage fut revigorante et stimulante pour l'imagination. De grands pics mystérieux et stériles se dressaient constamment à l'ouest, tandis que le soleil de midi, très bas à l'horizon nord – ou le soleil de minuit, plus bas encore au point qu'il dépassait à peine de l'horizon sud – dardait ses rayons rougeâtres et troubles sur la neige blanche, la glace et les ruisselets bleuâtres, et les taches noires, aux endroits où le granit des pentes n'était pas recouvert. Sur les cimes désolées soufflait, en bourrasques rageuses et intermittentes, le vent terrible de l'Antarctique. Un vent dont les modulations évoquaient parfois vaguement les sifflements mélodieux et presque réfléchis d'une flûte sauvage, un instrument à la tessiture large et dont les notes, par quelque rapprochement mémoriel subconscient, avaient quelque chose d'inquiétant, voire même d'effrayant. Le décor me rappelait les étranges et perturbantes peintures asiatiques de Nicolas Roerich, et les descriptions encore plus étranges et perturbantes du maléfique plateau mythique de Leng qui apparaît dans le redouté *Necronomicon*, de l'Arabe fou Abdul Alhazred. Plus tard, j'aurais l'occasion de regretter d'avoir jamais ouvert ce livre monstrueux à la bibliothèque de l'université.

Le 7 novembre, alors que nous avions momentanément perdu de vue la chaîne de l'ouest, nous dépassâmes l'île Franklin ; le lendemain, nous aperçûmes devant nous les cônes des monts Erebus et Terror, sur l'île de Ross, avec au-delà la longue chaîne des monts de Parry. À partir de là s'étendait vers l'est la basse ligne blanche de la grande barrière de glace, qui se dressait perpendiculairement sur une hauteur de soixante-dix mètres, telles les falaises rocheuses de Québec, et marquait la fin de la navigation vers le sud. Dans l'après-midi, nous entrâmes dans le détroit de McMurdo en restant au large de la rive, du côté sous le vent du mont Erebus fumant. Les scories montaient à trois mille huit cents mètres dans le ciel oriental, vision rappelant une estampe japonaise du Fuji Hama sacré, tandis que, plus loin, se dressait le sommet blanc et fantomatique du mont Terror, volcan éteint de trois mille trois cents mètres.

L'Erebus crachait parfois des bouffées de fumée, et l'un des étudiants qui nous assistaient – un jeune homme brillant du nom de Danforth – indiqua ce qui nous parut être une coulée de lave sur la pente neigeuse, en faisant remarquer que cette montagne, découverte en 1840, avait à n'en point douter inspiré Poe, lorsqu'il écrivit sept ans plus tard la description suivante :

« … les laves impatientes qui déroulent
Leurs flots sulfureux sur l'Yaanek
Dans les climats extrêmes du pôle…
Grondent en dévalant l'Yaanek
Au pays du pôle boréal. »

Danforth, qui était un grand amateur de littérature bizarre, avait beaucoup parlé de Poe. Si je m'y intéressais pour ma part, c'était parce que l'action de la seule histoire longue que Poe ait écrite – *Les aventures d'Arthur Gordon Pym*, un récit inquiétant et énigmatique – se passait en Antarctique. Sur la côte stérile et sur la haute barrière de glace en arrière-plan, des milliers de manchots grotesques piaillaient en agitant leurs nageoires ; pendant ce temps, sur l'eau, l'on voyait nombre de phoques adipeux nager, ou vautrés sur de grands blocs de glace dérivant lentement.

À l'aide de petits canots, nous effectuâmes le difficile débarquement sur l'île de Ross peu après minuit le matin du 9. Nous tirâmes un câble depuis chacun de nos navires et nous préparâmes à décharger le matériel au moyen d'une tyrolienne. En posant le pied pour la première fois sur le sol antarctique, nous ressentîmes un mélange de sensations poignantes et complexes, même si les expéditions Scott et Shakleton étaient déjà passées à cet endroit précis. Le camp que nous établîmes sur la rive gelée, sous la pente du volcan, n'était que provisoire, l'*Arkham* restant notre quartier général. Nous débarquâmes tout notre matériel de forage, les chiens, traîneaux, tentes, provisions, réservoirs d'essence, l'équipement expérimental de fusion des glaces, les appareils photo classiques et pour prises de vue aériennes, pièces détachées d'avions et autres accessoires, dont trois petits postes de TSF portatifs (en plus des radios des avions) qui nous permettraient de communiquer avec la grande installation de l'*Arkham* depuis n'importe quel point du continent que nous serions susceptibles de visiter. Le dispositif installé sur le bateau, en liaison avec le monde extérieur, devait transmettre nos communiqués de presse à la puissante installation TSF de l'*Arkham Advertiser* à Kingsport Head, dans le Massachusetts. Nous espérions terminer notre travail en l'espace d'un seul été antarctique mais, si cela s'avérait impossible, nous hivernerions sur l'*Arkham* en envoyant le *Miskatonic* au nord avant l'extension des glaces afin qu'il aille chercher des provisions pour un second été.

Inutile de répéter ce que les journaux ont déjà publié de nos premiers travaux : notre ascension du mont Erebus ; nos forages couronnés de succès à divers endroits de l'île de Ross, et la rapidité étonnante avec laquelle la machine de Pabodie les avait menés à bien, y compris quand il avait fallu traverser des couches de roches dures ; notre premier essai du petit équipement pour faire fondre la glace ; notre périlleuse ascension de la grande barrière avec nos traîneaux et nos provisions ; et le montage final des cinq énormes aéroplanes, dans le camp, au sommet de ladite barrière. La santé des vingt hommes et cinquante-cinq chiens de traîneau d'Alaska qui composaient notre équipe terrestre était excellente même si, bien entendu, nous n'avions encore affronté ni températures ni tempêtes vraiment destructrices. La plupart du temps, le thermomètre oscillait entre -17 °C et -5 °C, voire zéro, et notre expérience des hivers de Nouvelle-Angleterre nous avait habitués aux rigueurs de ce genre. Le camp sur la barrière était semi-permanent et nous servirait à stocker à l'abri essence, provisions, dynamite et autres réserves.

Quatre avions suffisaient à transporter le matériel d'exploration à proprement parler ; le cinquième resterait à l'entrepôt avec un pilote et deux hommes d'équipage des navires afin que l'*Arkham* puisse nous retrouver, au cas où tous les autres appareils seraient perdus.

Ultérieurement, quand nous n'aurions plus besoin des autres avions pour transporter le matériel, un ou deux d'entre eux feraient la navette entre cet entrepôt et une autre base permanente sur le grand plateau, entre neuf cent cinquante et mille cent kilomètres au sud, au-delà du glacier Beardmore. Malgré les récits quasi unanimes faisant état des vents et tempêtes effroyables balayant le plateau, nous décidâmes de nous passer de bases intermédiaires ; c'était un risque à prendre au nom de l'économie et d'une efficacité théoriquement supérieure.

Les comptes-rendus radio ont décrit notre incroyable vol du 21 novembre : quatre heures sans escale au-dessus du haut plateau de glace, avec les gigantesques montagnes qui se dressaient à l'ouest et les silences insondables qui répondaient au bruit de nos moteurs. Le vent ne nous gêna que modérément, et nos radiocompas nous aidèrent à traverser le seul banc de brouillard opaque que nous rencontrâmes. Lorsqu'une vaste masse apparut devant nous, entre 83° et 84° de latitude, nous comprîmes que nous avions atteint le glacier de Beardmore, le plus grand glacier de vallée du monde, et que la mer de glace allait désormais faire place à un littoral montagneux renfrogné. Nous pénétrions enfin dans le monde blanc, mort depuis une éternité, du sud absolu. Alors même que nous en prenions conscience nous aperçûmes, loin à l'est, le titanesque mont Nansen culminant à plus de quatre mille mètres.

Le succès de l'installation de la base sud, au-dessus du glacier, à 86° 7' de latitude et 174° 23' de longitude est, et les forages et minages incroyablement rapides et fructueux que nous effectuâmes en différents points atteints en traîneau ou au terme de courts trajets d'avion relèvent du domaine de l'histoire ; tout comme l'ardue mais triomphale ascension du mont Nansen par Pabodie et deux étudiants – Gedney et Carroll – du 13 au 15 décembre. Comme nous étions à quelque deux mille cinq cents mètres au-dessus du niveau de la mer, lorsque des forages expérimentaux révélèrent par endroits la présence de la terre ferme à douze pieds à peine sous la neige et la glace, nous fîmes un abondant usage de notre petit dispositif de fusion, sondant et dynamitant en de nombreux lieux où nul explorateur n'avait seulement envisagé de prélever le moindre spécimen minéral. Les granits précambriens et les grès de Beacon ainsi obtenus confirmèrent notre conviction que ce plateau était de même nature que la grande masse continentale à l'ouest, mais assez différent des régions situées à l'est, sous l'Amérique du Sud, régions dont on pensait à l'époque qu'elles formaient un second continent plus petit, relié à l'autre par un confluent gelé des mers de Ross et de Weddell, hypothèse depuis réfutée par Byrd.

Dans certains grès, dynamités et détachés au ciseau après que les forages eurent révélé leur nature, nous découvrîmes des traces et fragments fossiles d'un très grand intérêt, notamment des fougères, des algues, des trilobites, des crinoïdes, mais aussi des mollusques, par exemple des lingules et des gastéropodes ; autant d'indices qui nous semblèrent d'une importance certaine pour la recherche sur l'histoire primordiale du continent. Nous trouvâmes aussi une drôle de marque striée, formant un triangle dont le plus grand côté mesurait dans les trente centimètres, et que Lake reconstitua à partir de trois fragments d'ardoise que l'on avait extraits d'un profond trou creusé à l'explosif. On avait découvert ces fragments à l'ouest, près de la chaîne de la Reine-Alexandra ; et Lake, en tant que biologiste, sembla trouver leurs curieuses striations particulièrement mystérieuses et excitantes même si, à mes yeux de géologue, elles n'étaient pas très différentes des ondulations que l'on trouve assez souvent dans les roches sédimentaires. L'ardoise n'étant qu'une formation métamorphique résultant de la pression d'une strate sédimentaire, et cette pression imprimant logiquement d'étranges effets de distorsion à des marques préexistantes, je ne voyais rien de bien étonnant dans cette dépression striée.

Le 6 janvier 1931, Lake, Pabodie, Danforth et les six autres étudiants, quatre mécaniciens et moi-même survolâmes le pôle sud à bord de deux de nos gros appareils. À un moment, nous dûmes nous poser à cause d'un vent soudain et violent qui, heureusement, ne tourna pas à la tempête véritable. Ce vol, comme l'ont dit les journaux, était une mission d'observation parmi quelques autres, au cours desquelles nous essayâmes de trouver des éléments topographiques remarquables dans des zones encore inexplorées. De ce point de vue, nos premiers vols furent décevants, mais ils nous permirent de voir de magnifiques exemples de ces mirages propres aux régions polaires, mirages aussi trompeurs que fantastiques dont notre voyage en mer nous avait donné de brefs avant-goûts. De lointaines montagnes flottaient dans le ciel telles des cités enchantées et, souvent, sous l'effet de la magie du soleil de minuit rasant, le monde blanc se dissolvait tout entier pour faire place à un pays or, argent et écarlate digne de rêves dunsaniens et riche de promesses d'aventures. Par temps nuageux, nous avions beaucoup de mal à voler, car la terre neigeuse et le ciel avaient tendance à se confondre pour ne donner qu'un opalescent vide mystique sans ligne d'horizon.

Au bout d'un moment, nous décidâmes de mettre en œuvre notre plan initial et de partir à huit cents kilomètres à l'est avec nos quatre avions d'observation afin d'établir un nouveau camp annexe sur ce que nous pensions à tort être le plus petit des deux continents. Il serait intéressant d'y prélever des spécimens géologiques afin de les comparer aux premiers. Jusque-là, nous étions toujours en excellente forme, le jus de citron vert compensant efficacement le régime exclusivement composé de boîtes de conserve et de mets salés, et les températures, généralement supérieures à -20 °C, nous permettant de nous passer de nos fourrures les plus épaisses. C'était le milieu de l'été et en nous montrant appliqués et diligents, peut-être parviendrions-nous à terminer notre travail avant le mois de mars, ce qui nous épargnerait un fastidieux hivernage pendant toute la longue nuit antarctique. Plusieurs violents ouragans s'étaient abattus sur nous en provenance de l'ouest, mais nous avions évité les dégâts grâce à la compétence d'Atwood, qui savait construire des abris à avions rudimentaires et des brise-vent au moyen de gros blocs de neige, et avait pensé à renforcer les principaux bâtiments du camp avec des remblais. Notre chance et notre efficacité atteignaient vraiment des proportions surnaturelles.

Le monde extérieur connaissait bien sûr notre programme, et eut aussi vent de l'insistance étrange, voire de l'obstination, avec laquelle Lake réclamait un voyage de prospection vers l'ouest – ou plus exactement, vers le nord-ouest – avant notre déplacement définitif vers la nouvelle base. Il semblait avoir beaucoup médité, et avec une audace aussi radicale qu'alarmante, sur cette ardoise à la marque triangulaire striée ; il décelait entre sa nature et la période géologique dont elle était issue certaines contradictions qui excitaient sa curiosité au plus haut point et lui donnaient l'envie irrépressible d'effectuer d'autres forages et dynamitages dans la formation occidentale à laquelle, de toute évidence, appartenaient les fragments que nous avions exhumés. Il était bizarrement convaincu que la trace était l'empreinte d'un organisme massif, inconnu, tout à fait inclassable mais particulièrement évolué, et ce en dépit du fait que la roche qui la portait était si ancienne – cambrienne, voire même précambrienne – qu'elle excluait l'existence non seulement de toute vie très évoluée, mais plus simplement de toute vie dépassant le stade unicellulaire ou, au mieux, du trilobite. Ces fragments avec leurs stries singulières devaient dater de cinq cents millions à un milliard d'années.

II

Je pense que l'imagination populaire réagit activement à nos bulletins radio sur le départ de Lake pour le nord-ouest et les régions que l'homme n'avait jamais foulées du pied ni en imagination, même si nous n'évoquâmes pas son fol espoir de révolutionner les domaines de la biologie et de la géologie. Sa première expédition de forage en traîneau, du 11 au 18 janvier, avec Pabodie et cinq autres – expédition marquée par la perte de deux chiens dans un accident survenu à la traversée d'une grande ride de pression dans la glace – avait exhumé bien d'autres fragments d'ardoise archéenne. Moi-même, je fus intrigué par l'étonnante profusion d'indéniables traces fossiles dans cette strate incroyablement ancienne. Ces marques, cependant, étaient celles de formes de vie très primitives, et n'avaient rien de bien paradoxal sinon le fait que des roches de toute évidence précambriennes portent les traces d'une forme de vie quelconque ; aussi avais-je toujours du mal à percevoir ce qui justifiait la demande de Lake d'ouvrir une parenthèse dans notre programme, étudié de manière à optimiser notre temps – parenthèse pour laquelle il réquisitionnerait nos quatre avions, beaucoup d'hommes et l'ensemble de l'équipement de notre expédition. En fin de compte, je ne m'opposai pas au plan, mais décidai de ne pas accompagner le groupe dans le nord-ouest malgré les suppliques de Lake, qui voulait mon conseil en matière de géologie. Pendant leur absence, je resterais à la base avec Pabodie et cinq hommes pour finir d'organiser notre relocalisation dans l'est. En vue de ce transfert, l'un des avions avait commencé à remonter du détroit de McMurdo des réserves substantielles d'essence ; mais cela pouvait attendre un peu. Je gardai un traîneau et neuf chiens, car il est imprudent de se retrouver ne serait-ce qu'un instant sans moyen de transport dans un monde inhabité où la mort règne depuis la nuit des temps.

L'expédition de Lake vers l'inconnu, comme tout un chacun se le rappellera, envoyait ses propres comptes-rendus depuis les émetteurs à ondes courtes des avions, comptes-rendus captés simultanément par le dispositif de la base sud et l'*Arkham*, qui mouillait toujours dans le détroit de McMurdo ; de là, nous les transmettions au monde extérieur par grandes ondes d'une longueur atteignant cinquante mètres. Le départ eut lieu le 22 janvier à 4 heures du matin, et nous reçûmes un premier message radio au bout de deux heures seulement. Lake y parlait d'atterrir et de faire fondre la glace sur une petite zone située à cinq cents kilomètres de nous afin d'effectuer un forage. Six heures plus tard, un deuxième message particulièrement enthousiaste nous apprit qu'un travail particulièrement acharné avait permis de creuser un puits peu profond par fusion et de le dynamiter, et que cela s'était terminé par la découverte de fragments d'ardoise porteurs de plusieurs marques ressemblant à celle qui avait tant intrigué Lake.

Trois heures après, un bref bulletin annonçait la reprise du vol malgré le vent violent et glacial ; et lorsque j'envoyai un message dans lequel je m'élevais contre toute nouvelle prise de risque, un Lake expéditif me répondit que les spécimens qu'il venait de découvrir valaient tous les dangers. Son enthousiasme, compris-je, était si fort que Lake irait jusqu'à la mutinerie. Je ne pouvais rien faire pour l'empêcher de foncer tête baissée quitte à compromettre le succès de l'expédition tout entière ; toutefois, il était consternant de l'imaginer s'enfoncer toujours plus avant dans cette traîtresse et sinistre immensité blanche, ce royaume des tempêtes et des mystères insondables qui s'étirait sur quelque deux mille cinq cents kilomètres jusqu'aux côtes méconnues de Knox et de la Reine-Mary.

C'est alors qu'à peu près une heure et demie plus tard arriva, en provenance de l'avion en vol, ce message deux fois plus enthousiaste encore, qui me laissa un sentiment presque diamétralement opposé et me fit regretter de ne pas être parti avec le groupe :

> « 22 h 05. En vol. Après tempête de neige, avons repéré droit devant chaîne de montagnes plus élevée que toutes celles aperçues jusqu'ici. Pourrait égaler l'Himalaya en comptant la hauteur du plateau. Latitude probable, 76° 15' ; longitude 113° 10' E. S'étend à perte de vue à gauche et à droite.

Présence possible de deux volcans fumants. Tous sommets noirs et dépouillés de neige. Grand vent soufflant de la chaîne entrave navigation. »

Après ce message, Pabodie, les hommes et moi restâmes suspendus, haletants, au récepteur. Imaginer ce titanesque rempart montagneux à mille cent kilomètres de nous enflammait notre désir d'aventure ; nous nous réjouissions que notre expédition, sinon nous-mêmes, l'ait découvert. Une demi-heure plus tard, Lake rappela :

« Avion de Moulton forcé d'atterrir sur le plateau au niveau des contreforts, mais pas de blessés et réparations peut-être envisageables. Transférerons l'essentiel dans trois autres avions pour retour ou éventuels déplacements, mais longs trajets inutiles pour l'heure. Montagnes dépassent l'imagination. Vais partir en éclaireur à bord de l'avion déchargé de Carroll.

Vous ne pouvez rien imaginer de tel. Plus hauts sommets doivent culminer à plus de 10 000 m. Everest hors course. Atwood calculera hauteur au théodolite pendant que Carroll et moi volerons. Me suis sans doute trompé pour les volcans, car formations semblent stratifiées. Peut-être ardoise précambrienne mélangée à autres strates. Curieux découpage des montagnes sur le ciel ; sections régulières de cubes accrochées aux plus hauts sommets. Ensemble magnifique sous lumière rasante rouge-doré du soleil. Me fait penser à un pays mystérieux dans un rêve, ou à un passage vers un monde interdit aux merveilles inviolées. Aimerais que vous soyez ici pour l'étudier. »

Il était théoriquement l'heure de dormir, mais pas un seul auditeur ne songeait à se retirer. Il devait en être de même dans le détroit de McMurdo où l'entrepôt et l'*Arkham* recevaient aussi les messages, car le capitaine Douglas avait appelé afin de féliciter tout le monde pour cette importante découverte ; quant à Sherman, le responsable de la réserve, il partageait son sentiment. Nous étions bien entendu désolés pour l'avion endommagé, mais espérions qu'il serait facile de le remettre en état. Puis, à 23 heures, arriva un autre appel de Lake :

« Avons survolé les plus hauts contreforts avec Carroll. N'osons pas nous attaquer aux très grands sommets avec ce temps, mais essaierons plus tard. Escalader et se déplacer à pareille altitude sera terriblement difficile, mais ça vaut la peine. Grande chaîne très dense, impossible de voir au-delà. Principaux sommets dépassent Himalaya, et très étranges. Chaîne semble faite d'ardoise précambrienne, avec signes évidents de nombreuses autres strates soulevées. Me suis trompé sur activité volcanique. S'étend à perte de vue des deux côtés. Fin des neiges au-dessus de 7 000 m environ.

Formations étranges sur pentes des plus hautes montagnes. Cubes peu élevés mais massifs, aux parois rigoureusement verticales, lignes droites de bas remparts verticaux, comme ces vieux châteaux asiatiques accrochés à des montagnes escarpées dans les tableaux de Roerich. Impressionnant de loin. Nous sommes rapprochés de certains, et Carroll a estimé qu'ils étaient constitués de petits blocs distincts, mais c'est sans doute dû à l'érosion. La plupart des arêtes effritées et émoussées comme si exposées à des tempêtes et changements climatiques depuis des millions d'années.

Des parties, surtout en haut, semblent faites d'une roche plus claire qu'aucune strate visible sur les versants, d'où origine cristalline évidente. Vol de près montre nombreuses entrées de cavernes, dont certaines de forme exceptionnellement régulière, rectangulaire ou semi-circulaire. Vous devez venir les étudier. Crois avoir vu rempart juché tout droit sur un sommet. Altitude estimée entre 9 000 et 10 500 m. Suis moi-même à 6 500 m par terrible froid mordant. Vent siffle en passant entre les cols et en entrant ou sortant des grottes, mais pas de danger pour l'avion jusqu'ici. »

À partir de là, pendant une demi-heure, Lake nous abreuva de manière ininterrompue de commentaires, et exprima l'intention de gravir certains sommets à pied. Je lui répondis que je le rejoindrais dès qu'il pourrait m'envoyer un avion, et qu'avec l'aide de Pabodie je chercherais le meilleur plan de ravitaillement en carburant ; car, pour s'accommoder aux nouveaux objectifs de l'expédition, il nous fallait décider où et comment concentrer nos réserves. À l'évidence, les forages et reconnaissances en avion de Lake allaient nous obliger à détourner une bonne partie de l'essence sur la nouvelle base qu'il comptait établir au pied des montagnes, si bien que la relocalisation dans l'est risquait en fin de compte d'être reportée à la saison suivante. À ce propos, j'appelai le capitaine Douglas pour lui demander de vider autant que possible les bateaux et de monter leur contenu au sommet de la barrière à l'aide du seul attelage de chiens que nous avions laissé. Il nous fallait absolument établir une route de ravitaillement directe à travers la région inconnue séparant Lake du détroit de McMurdo.

Lake me rappela plus tard pour m'annoncer qu'il avait décidé de monter le camp à l'endroit où l'avion de Moulton avait été forcé d'atterrir, et où les réparations avaient déjà commencé. La couche de glace était si mince qu'elle laissait voir çà et là le sol noir, et Lake voulait conduire une opération de forage et de minage sur place avant d'entreprendre des sorties en traîneau ou de se lancer dans une quelconque ascension. Il parlait de l'ineffable majesté du paysage tout entier, et des étranges sensations qu'il éprouvait à se trouver à l'ombre de ces immenses pics silencieux touchant le ciel comme une muraille au bord du monde. Les mesures au théodolite d'Atwood avaient donné une hauteur de neuf mille à dix mille mètres pour les cinq pics les plus élevés. L'aspect érodé du terrain inquiétait visiblement Lake, car il prouvait que des vents prodigieux soufflaient parfois sur la région ; des vents d'une violence sans commune mesure avec ceux que nous avions essuyés jusque-là. Son camp était à un peu plus de huit kilomètres de l'endroit où se dressaient abruptement les plus hauts contreforts. Je sentais presque dans ses mots – qui avaient franchi mille cent kilomètres de vide glacial pour m'atteindre – une note d'angoisse inconsciente lorsqu'il nous pressa d'en finir le plus vite possible avec l'exploration de cette nouvelle région insolite. À ce moment, il était sur le point d'aller dormir après une journée de travail ininterrompu où il avait fallu faire preuve d'une célérité et d'une vigueur sans précédent, pour un résultat non moins exceptionnel.

Le lendemain matin, j'eus une conversation radio à trois avec Lake et le capitaine Douglas, chacun dans sa base si éloignée des autres. Nous convînmes que Lake enverrait un avion nous chercher, Pabodie, les cinq hommes et moi-même, ainsi que toute l'essence qu'il pourrait transporter. La question du ravitaillement, qui dépendait de l'éventualité d'un déplacement vers l'est, pourrait attendre quelques jours dans la mesure où Lake avait ce qu'il lui fallait pour chauffer le camp et forer. Il faudrait un jour ou l'autre réapprovisionner l'ancienne base sud mais, si nous reportions le voyage vers l'est, nous n'en aurions pas l'utilité avant l'été suivant ; entre-temps, Lake enverrait un avion chercher une route directe entre ces nouvelles montagnes et le détroit de McMurdo.

Pabodie et moi nous préparâmes à fermer notre base pour une période qui pourrait s'avérer plus ou moins longue. Si nous hivernions en Antarctique, nous retournerions sans doute directement à l'*Arkham* depuis la base de Lake sans repasser par là. Comme certaines de nos tentes coniques étaient déjà renforcées à l'aide de blocs de neige tassée, nous décidâmes d'achever le travail de pérennisation du camp. Grâce à nos très larges réserves de tentes, Lake avait pu emporter de quoi ne pas risquer la pénurie, et ce même après notre arrivée. J'annonçai par radio que Pabodie et moi serions prêts à partir pour le nord-ouest après une journée de travail et une nuit de repos.

Nous ne fûmes cependant pas très assidus à la tâche après 16 heures, car c'est à peu près à ce moment que Lake commença à nous envoyer ses messages les plus extraordinaires et les plus exaltés. Sa journée de travail n'avait pas commencé sous les meilleurs auspices, un survol des surfaces rocheuses presque à nu ayant révélé la quasi-absence des strates archéennes et primordiales qu'il recherchait et qui composaient une si large part des sommets colossaux se dressant à alléchante distance du camp. Pour la plupart, les roches aperçues étaient apparemment des grès jurassiques et comanchéens et des schistes permiens ou triasiques avec, ici et là, des massifs noirs et brillants suggérant du charbon dur et ardoisé. Cela découragea plutôt Lake, dont l'objectif était d'exhumer des spécimens plus vieux d'au moins cinq cents millions d'années. Il lui semblait clair que pour retrouver la veine d'ardoise archéenne porteuse des marques étranges, il allait devoir faire un long voyage en traîneau depuis les contreforts jusqu'aux pentes escarpées des gigantesques montagnes.

Il avait néanmoins décidé d'effectuer des forages locaux dans le cadre du programme général de l'expédition. Il installa donc la foreuse et mit cinq hommes au travail pendant que les autres finissaient de monter le camp et de réparer l'avion endommagé. Il avait choisi la roche visible la plus tendre – du grès, à environ quatre cents mètres du camp – pour le premier prélèvement, et le foret s'était très bien enfoncé sans que l'on ait trop souvent recours à la dynamite. C'est environ trois heures plus tard, juste après les premières grosses explosions de l'opération, que l'on entendit les éclats de voix de l'équipe de forage et que le jeune Gedney, qui faisait office de contremaître, se précipita au camp pour annoncer l'incroyable nouvelle.

Ils avaient découvert une grotte. Vers le début du forage, le grès avait fait place à une veine de calcaire comanchéen regorgeant de minuscules fossiles de céphalopodes, de coraux, d'oursins et de spirifères avec des traces occasionnelles d'éponges siliceuses et d'os de vertébrés marins, ayant sans doute appartenu à des téléostéens, des requins ou des chondrostéens. En soi, la découverte était déjà assez importante, car il s'agissait là des premiers fossiles de vertébrés mis au jour par l'expédition ; mais lorsque, peu après, le foret avait débouché dans un vide apparent, une nouvelle vague d'émotion deux fois plus intense se propagea dans les rangs de l'équipe de forage. Une puissante explosion avait révélé le secret souterrain ; à présent, par l'ouverture irrégulière d'environ un mètre cinquante sur quatre-vingt-dix centimètres s'offrait à la vue des chercheurs avides une section de calcaire peu épaisse creusée plus de cinquante millions d'années auparavant par les eaux d'infiltration d'un monde tropical disparu.

La couche évidée n'était pas profonde de plus de deux mètres ou deux mètres cinquante mais s'étirait indéfiniment dans toutes les directions, l'air qui la parcourait avec indolence suggérait que l'excavation faisait partie d'un réseau souterrain étendu. Son plafond et son sol étaient abondamment dotés de stalactites et stalagmites dont certains se rejoignaient pour former des colonnes ; mais le plus important était le vaste amoncellement de coquillages et d'ossements qui, par endroits, obstruait presque le passage. Charrié depuis des jungles inconnues de fougères arborescentes et de champignons du mésozoïque et des forêts de cycadales, de palmiers éventails et d'angiospermes primitifs de l'ère tertiaire, ce pot-pourri d'ossements contenait plus de spécimens du crétacé, de l'éocène et d'espèces animales diverses que le plus grand des paléontologues n'aurait pu en compter ou en classer en un an. Des mollusques, des carapaces de crustacés, des poissons, des amphibiens, des reptiles, des oiseaux et des représentants des premiers mammifères, petits ou grands, connus ou non. Pas étonnant que Gedney soit revenu au camp au pas de course en poussant des cris, et que tout le monde ait abandonné son poste pour se précipiter bille en tête dans le froid mordant vers le grand derrick qui marquait l'emplacement d'une nouvelle porte ouvrant sur les secrets des entrailles de la terre et d'un passé depuis longtemps disparu.

Une fois satisfaite sa curiosité initiale, Lake griffonna un message dans son carnet et demanda au jeune Moulton de rentrer en toute hâte au camp pour le transmettre par radio. Ce fut la première fois que j'entendais parler de la découverte, et il était question dans ce message de coquillages primitifs, d'os de chondrostéens et de placodermes, de restes de labyrinthodontes et de thécodontes, de fragments crâniens de grands mosasaures, de vertèbres et de cuirasses de dinosaures, de dents et d'os d'ailes de ptérodactyles, de débris d'archéoptéryx, de dents de requins du miocène, de crânes d'oiseaux primitifs et d'autres ossements de mammifères archaïques : paléothériums, xiphodons, eohippi, oréodons et titanothères, entre autres. Il n'y avait rien d'aussi récent qu'un mastodonte, un éléphant, un chameau, un daim ou un quelconque bovin ; Lake en conclut donc que les derniers dépôts remontaient à l'oligocène, et que la strate évidée était sèche, morte et inaccessible depuis au moins trente millions d'années.

D'un autre côté, la prédominance de formes de vie très primitives était on ne peut plus singulière. Même si la formation calcaire, de par la présence de fossiles incrustés typiques comme des ventriculites, datait indéniablement du comanchéen et pas davantage, les fragments libres comprenaient une proportion surprenante d'organismes jusqu'alors considérés comme provenant de périodes beaucoup plus anciennes, dont des poissons, mollusques et coraux remontant carrément au silurien ou à l'ordovicien. On en déduisait inévitablement que dans cette partie du monde, il y avait eu un degré de continuité unique et remarquable entre la vie d'il y a plus de trois cents millions d'années et celle datant de trente millions d'années seulement. Bien entendu, il était impossible de spéculer sur la pérennité de cette continuité après l'oligocène, époque où la caverne s'était refermée. En tout état de cause, l'arrivée des effroyables glaces au pléistocène, soit il y a quelque cinq cent mille ans – autant dire hier, comparé à l'âge de cette grotte –, avait dû provoquer l'extinction de toutes les formes de vie primitives qui avaient localement survécu aux autres représentants de leur espèce dans le monde.

Lake ne s'en tint pas à son premier rapport ; il envoya un nouveau message au camp avant même que Moulton ait eu le temps de revenir. Par la suite, Moulton resta près de la radio dans l'un des avions afin de me transmettre – ainsi qu'à l'*Arkham*, qui diffuserait vers le monde extérieur – les nombreux post-scriptum que Lake lui faisait porter par une succession de messagers. Ceux qui suivaient l'affaire dans les journaux se rappelleront l'enthousiasme que les rapports de cet après-midi-là suscitèrent chez les scientifiques ; d'ailleurs, ils ont finalement abouti, après toutes ces années, à l'organisation de cette fameuse expédition Starkweather-Moore que je désire tant détourner de ses objectifs. Mieux vaut reproduire ici mot pour mot les messages de Lake tels que l'opérateur McTighe nous les lut après les avoir notés en sténo.

« Fowler a fait découverte de la plus haute importance dans fragments de grès et de calcaire résultant du minage. Plusieurs empreintes triangulaires distinctes, striées comme celles de l'ardoise archéenne, prouvant que leurs propriétaires ont survécu depuis il y a plus de 600 millions d'années jusqu'à l'époque comanchéenne sans changements notables sinon légère décroissance de la taille moyenne. En l'occurrence, les empreintes comanchéennes semblent plutôt plus primitives ou décadentes que les plus anciennes. Souligner importance de la découverte auprès de la presse. Aussi importante pour la biologie qu'Einstein l'est pour les mathématiques et la physique. Rejoint mes travaux précédents et en amplifie les conclusions. Semble indiquer, comme je le soupçonnais, que la terre a connu un ou plusieurs cycles entiers de vie organique avant celui que nous connaissons et qui commence avec cellules archéozoïques. Espèce déjà évoluée et spécialisée il y a au moins mille millions d'années, quand la planète était jeune et encore inhabitable pour toute forme de vie ou toute structure protoplasmique normale. Reste à savoir où, quand et comment elle s'est développée. »

« Plus tard. En examinant certains fragments de squelettes de grands sauriens terrestres et marins et de mammifères primitifs, ai trouvé d'étranges blessures locales ou lésions de la structure osseuse ne pouvant être attribuées à aucun carnivore prédateur connu, quelle que soit la période. Blessures de deux sortes : perforations directes et profondes, et incisions apparemment violentes. Un ou deux cas d'os coupés net. Peu de spécimens concernés. Envoie chercher torches électriques au camp. Allons casser stalactites pour étendre zone de recherches souterraines. »

« Plus tard encore. Ai découvert étrange fragment de stéatite de quinze centimètres de long sur cinq d'épaisseur, totalement différent de toute formation visible dans les environs. Couleur verdâtre, mais aucun indice quant à la période. Curieusement lisse et régulier. En forme d'étoile à cinq branches aux pointes cassées avec traces de clivages supplémentaires au niveau des angles intérieurs et au centre. Petite dépression lisse au milieu de la surface intacte. Origine et érosion éveillent notre curiosité. Probablement un accident dû à l'action des eaux. Avec sa loupe, Carroll pense avoir trouvé des marques géologiquement significatives. Groupements de points minuscules suivant des dessins réguliers. Chiens de plus en plus nerveux à mesure que le travail avance. Semblent détester cette stéatite. Dois déterminer si elle a une odeur particulière. Ferai un nouveau rapport quand Mills reviendra avec de la lumière et que nous attaquerons la partie couverte. »

« 22 h 15. Découverte importante. À 21 h 45, Orrendorf et Watkins travaillaient sous terre à la lampe lorsqu'ils ont trouvé un énorme fossile en forme de tonneau de nature totalement inconnue ; sans doute un végétal, ou un spécimen géant de radiaire marin inconnu. Tissus manifestement conservés par sels minéraux. Dur comme du cuir, mais a gardé une étonnante flexibilité par endroits. Traces de cassures aux extrémités et sur le pourtour. Un mètre quatre-vingts de long, un mètre de diamètre au milieu, s'effilant jusqu'à faire trente centimètres aux deux bouts. Forme de tonneau, avec à la place des douelles cinq arêtes longitudinales en saillie. Appendices maigrelets semblables à des tiges sur les côtés, à l'équateur du corps, à mi-longueur des arêtes. Curieuses excroissances dans les sillons entre ces dernières, comme des crêtes ou des ailes qui se déploient et se replient à la manière d'éventails. Toutes très endommagées sauf une, qui a une envergure de près de deux mètres dix. L'aspect rappelle certains monstres des mythes primitifs,

en particulier les légendaires Choses Anciennes du *Necronomicon*.
Les ailes semblent membraneuses, tendues sur une structure de tubes glandulaires. Minuscules orifices apparents dans ces derniers, au niveau du bout des ailes. Extrémités du corps racornies, empêchant de regarder à l'intérieur. Impossible de savoir ce qu'il y avait aux endroits cassés. Devrai procéder à une dissection quand nous serons rentrés au camp. N'arrive pas à trancher entre animal ou végétal. Nombreuses caractéristiques témoignant d'une primitivité presque incroyable. Ai affecté toute l'équipe à la découpe des stalactites et à la recherche d'autres échantillons. Avons trouvé d'autres os endommagés, mais ils devront attendre. Les chiens posent un problème. Ils ne supportent pas le nouveau spécimen et le tailleraient sans doute en pièces si nous ne les tenions pas à distance. »

« 23 h 30. Att. Dyer, Pabodie, Douglas. Événement de la plus haute importance. Le qualifierais même d'exceptionnel. L'*Arkham* doit transmettre sur-le-champ à la station de Kingsport Head. L'étrange chose en forme de tonneau est la créature archéenne qui a laissé les empreintes dans la roche. Mills, Boudreau et Fowler en ont découvert treize autres regroupés sous terre à treize mètres de l'ouverture. Mélangés à des fragments de stéatite bizarrement arrondis et configurés, et plus petits que le premier ; en forme d'étoile, mais pas de cassures, sauf parfois à l'extrémité des pointes.

Sur les spécimens organiques, huit sont apparemment en parfait état, avec tous leurs appendices. Les avons tous remontés à la surface et avons éloigné les chiens. Ils ne les supportent pas. Notez bien la description et répétez-la pour plus de sûreté. Les journaux doivent la reproduire sans erreurs.

Les sujets font en tout deux mètres quarante de long. Torse en tonneau à cinq arêtes, un mètre quatre-vingts de long ; diamètre : un mètre au centre, trente centimètres aux extrémités. Gris foncé, flexible et extrêmement dur. Ailes membraneuses de deux mètres dix, même couleur, sortant des sillons entre les arêtes ; trouvées repliées. Structure tubulaire ou glandulaire, d'un gris plus clair, avec des orifices au bout des ailes. Déployées, elles ont les bords dentelés. Sur le pourtour du diamètre central, du milieu de chacune des cinq saillies longitudinales rappelant les douelles d'une barrique, partent cinq faisceaux flexibles de bras ou tentacules gris clair, trouvés étroitement repliés contre le corps mais extensibles jusqu'à une longueur de plus de quatre-vingt-dix centimètres. Semblables à des bras de crinoïdes. La tige tout d'abord unique, d'une épaisseur de sept centimètres, se scinde au bout de quinze centimètres en cinq branches, dont chacune se sépare à nouveau après vingt centimètres en cinq vrilles ou petits tentacules effilés, soit un total de vingt-cinq par tige.

Au sommet du torse, un épais cou bulbeux d'un gris moins foncé et portant des sortes d'ouïes soutient ce qui semble être une tête jaunâtre en forme d'étoile de mer à cinq branches, recouverte de cils drus, longs de sept centimètres et diversement colorés.

Tête épaisse et bouffie, d'environ soixante centimètres d'une pointe à l'autre, chaque pointe étant garnie de tubes jaunes flexibles de sept centimètres. Au-dessus et exactement au milieu se trouve une ouverture servant probablement à respirer. Chaque tube se termine par une excroissance sphérique sur laquelle une membrane flavescente se retrousse sous le doigt pour découvrir un globe vitreux à iris rouge ; un œil, de toute évidence.

Cinq tubes rougeâtres légèrement plus longs partent des angles intérieurs de l'étoile et se terminent par des renflements, sortes de sacs de même couleur qui, à la pression, s'ouvrent sur des orifices en forme de cloche de cinq centimètres de diamètre maximum ; sans doute des bouches, car bordés d'excroissances blanches et pointues rappelant des dents. Tous ces tubes, cils et bras d'étoile de mer trouvés étroitement repliés ; tubes et pointes collés au cou bulbeux et au torse. Flexibilité surprenante malgré l'extrême fermeté.

En bas du torse se trouvent les équivalents approximatifs des dispositifs de la tête, mais avec des fonctions différentes. Un pseudo-cou bulbeux gris clair sans ouïes se termine par un organe verdâtre en forme d'étoile de mer à cinq bras.

Bras durs et musculeux, longs d'un mètre vingt, dont le diamètre de dix-huit centimètres à la base diminue pour atteindre six centimètres au bout. À chaque pointe est attaché le petit côté d'un triangle glauque et membraneux, parcouru par cinq nervures, long de vingt centimètres et large de quinze au bout. C'est là la pagaie, la nageoire ou le pseudopode qui a laissé son empreinte sur des roches vieilles d'un milliard à cinquante ou soixante millions d'années.

Des angles intérieurs de l'organe en forme d'étoile de mer partent d'autres tubes rougeâtres, de soixante centimètres ceux-là, dont le diamètre s'effile de sept à deux centimètres de la base à l'extrémité. Des orifices au bout. Tous ces éléments sont extrêmement résistants, avec une texture de cuir, tout en restant particulièrement flexibles. Les membres d'un mètre vingt se terminant par une pagaie servent à n'en point douter à la locomotion, qu'elle soit marine ou autre. Quand on les actionne, suggèrent une puissance musculaire hors norme. Dans l'état, tous ces appendices sont fermement repliés contre le pseudo-cou et le début du torse, comme ceux de l'autre bout.

Encore impossible de trancher entre animal et végétal, mais les probabilités tournent en faveur de l'animal. Sans doute s'agit-il d'une forme incroyablement évoluée de radiaire ayant conservé certains traits primitifs. Des ressemblances sans équivoque avec les échinodermes en dépit d'indices localement contradictoires.

Déconcertante structure des ailes étant donné le probable habitat marin, mais elles ont pu servir à la navigation. Symétrie étrange, rappelant la structure essentiellement haut-bas des plantes, plutôt que celle, avant-arrière, des animaux. Évolution extraordinairement ancienne, précédant même les protozoaires archéens les plus élémentaires connus à ce jour ; impossible de donner une hypothèse quant à son origine.

Idée d'une existence ancienne hors Antarctique désormais inévitable, les spécimens complets présentant une ressemblance étonnante avec les créatures des mythes originels. Dyer et Pabodie, qui ont lu le *Necronomicon* et vu les peintures cauchemardesques de Clark Ashton Smith inspirées du texte, me comprendront si je parle des « Choses Très Anciennes » censées avoir créé toute vie terrestre par erreur ou par jeu. Les chercheurs pensent depuis toujours que le concept est né de la description de radiaires tropicaux très primitifs passés au crible d'une imagination morbide. Rappelle aussi les créatures du folklore préhistorique dont parlait Wilmarth : prolongements du culte de Cthulhu, etc. Un vaste champ d'étude est ouvert. Dépôts probables de la fin du crétacé ou du début de l'éocène, à en juger par les différents spécimens. D'imposantes stalactites se sont formées au-dessus d'eux. Extraction ardue, mais leur solidité limite les dégâts. État de conservation miraculeux, en raison évidemment de l'action du calcaire. Rien trouvé d'autre pour l'instant, mais reprendrons les fouilles plus tard. Il nous faut maintenant rapporter quatorze énormes spécimens sans l'aide des chiens, qui aboient furieusement et qu'on ne peut laisser approcher. À neuf – trois hommes sont partis garder les chiens – nous devrions nous en sortir avec les traîneaux malgré le vent contraire. Devons établir liaison aérienne avec détroit de McMurdo pour commencer transfert de nos découvertes. Mais je dois disséquer l'une de ces choses avant de prendre le moindre repos. Si seulement j'avais un vrai laboratoire à ma disposition. J'espère que Dyer s'en veut d'avoir tenté d'empêcher ce voyage dans l'ouest. D'abord les montagnes les plus hautes du monde, et maintenant ça. Si cette découverte n'est pas le clou de l'expédition, je me demande ce qui l'est. La gloire scientifique est à nous. Félicitations, Pabodie, pour la foreuse qui a ouvert la grotte. À présent, l'*Arkham* peut-il répéter la description ? »

Les sentiments que nous éprouvâmes, Pabodie et moi-même, à la réception de ce rapport, dépassent pour ainsi dire toute description ; quant à nos compagnons, ils n'étaient pas en reste d'enthousiasme. McTighe, qui avait traduit à la hâte quelques points essentiels à mesure que le récepteur bourdonnant les émettait, retranscrivit le message entier à partir de sa version sténographiée dès que l'opérateur de Lake mit fin à la communication. Tous appréciaient l'importance historique de la découverte, et j'envoyai mes félicitations à Lake dès que le radio de l'*Arkham* eut répété, comme demandé, les parties descriptives. Sherman et le capitaine Douglas m'imitèrent, le premier depuis le poste TSF de l'entrepôt du détroit de McMurdo, le second depuis l'*Arkham*. Plus tard, en tant que chef de l'expédition, j'envoyai au bateau quelques remarques supplémentaires à transmettre au monde extérieur. Bien sûr, il était illusoire de penser dormir dans l'enthousiasme ambiant. Je ne souhaitais qu'une chose : gagner le camp de Lake aussi vite que possible. Je fus donc déçu lorsqu'il me fit dire qu'un vent de plus en plus violent venant des montagnes rendait pour l'heure tout déplacement aérien impossible.

Mais une heure et demie plus tard, une recrudescence d'intérêt me fit oublier ma déception. Lake envoya de nouveaux messages dans lesquels il racontait le transfert, totalement réussi, des quatorze grands spécimens dans le camp. La tâche n'avait pas été aisée, car ils étaient étonnamment pesants ; mais à neuf, les hommes s'en étaient très bien acquittés. À présent, une partie de l'équipe s'attelait au plus vite à la construction d'un enclos de neige à distance raisonnable du camp, enclos où il serait plus commode de nourrir les chiens. On avait déposé les spécimens sur la neige compacte près du camp, sauf un que Lake s'escrimait à disséquer.

Et cela semblait justement plus compliqué que prévu. En effet, malgré la chaleur du poêle à essence dans la tente laboratoire fraîchement dressée, les tissus trompeusement flexibles du spécimen – que Lake avait choisi intact et vigoureux – ne perdaient rien de leur coriacité. Le biologiste ne savait comment pratiquer les incisions nécessaires sans forcer au risque d'abîmer toutes les subtilités structurelles qu'il cherchait à étudier. Certes, il disposait de sept autres spécimens parfaits, mais c'était tout de même trop peu pour en user à la légère, à moins que la caverne finisse par en fournir un nombre illimité. Il renonça donc à ouvrir celui-ci et en fit apporter un autre auquel il restait des vestiges d'organes en étoile de mer aux deux extrémités, mais qui était fort endommagé et partiellement ouvert le long d'un des grands sillons de son torse.

Les résultats nous parvinrent vite par TSF. Ils étaient à la fois déconcertants et tout à fait passionnants. Il était impossible d'être un tant soit peu délicat ou précis avec des instruments à peine capables de découper ces tissus anormaux, mais le peu qui fut fait nous laissa tous sans voix et perplexes. Il allait falloir reconsidérer tout ce que l'on croyait savoir de la biologie, car cette chose ne pouvait être le produit de la croissance cellulaire telle que la science l'envisage. Il n'y avait pour ainsi dire aucune minéralisation et malgré leur âge – peut-être quarante millions d'années – les organes internes étaient totalement intacts. Le caractère coriace, inaltérable et presque indestructible des tissus était indissociable de la structure de cet organisme, et appartenait à quelque cycle paléogène de l'évolution des invertébrés qui échappait tout à fait à nos capacités spéculatives. Tout d'abord, Lake ne trouva que des parties sèches ; mais lorsque le chauffage ramollit les tissus, un suintement organique à l'odeur âcre et repoussante apparut du côté intact de la chose. Ce n'était pas du sang, mais un épais fluide vert foncé qui avait apparemment la même fonction. Lake en était là quand on emmena les trente-sept chiens dans l'enclos encore inachevé, et, malgré la distance, la puanteur aigre et envahissante déclencha chez les bêtes des salves d'aboiements sauvages entre autres démonstrations de nervosité.

Loin d'aider à identifier l'étrange entité, cette première dissection ne fit qu'approfondir le mystère. Toutes les hypothèses sur ses membres externes se révélèrent correctes et, sur ce fondement, on ne pouvait vraiment hésiter à la ranger dans le règne animal ; cependant, l'inspection interne fit apparaître tant de caractéristiques végétales que Lake dut s'avouer complètement perdu. La chose était capable de digestion, avait un système circulatoire, et éliminait les déchets par les tubes rougeâtres de sa base en forme d'étoile. À première vue, son système respiratoire paraissait filtrer l'oxygène plutôt que le dioxyde de carbone ; il y avait par ailleurs de drôles de chambres pour le stockage de l'air, et de non moins curieux procédés pour déplacer la respiration depuis l'orifice externe jusque dans au moins deux autres systèmes respiratoires parfaitement développés, à savoir des branchies et des pores. Non seulement il s'agissait manifestement d'un amphibien, mais la chose semblait aussi adaptée à de longues périodes d'hibernation sans air. Lake nota la présence d'organes vocaux reliés au système respiratoire principal, mais ils présentaient des anomalies sans solution immédiate. Un langage articulé, c'est-à-dire une prononciation syllabique, paraissait à peine concevable, mais l'émission de sons flûtés couvrant une gamme étendue était hautement probable. Le développement du système musculaire semblait presque anachronique.

Le système nerveux était si complexe et évolué que Lake en resta interdit. Bien qu'excessivement primitive et archaïque par certains aspects, la créature possédait des centres ganglionnaires et des connexions relevant de la plus haute spécialisation. Son cerveau à cinq lobes était étonnamment perfectionné, et l'on constatait la présence d'un équipement sensoriel constitué en partie des épais cils de la tête et présentant des caractéristiques étrangères à tout autre organisme terrestre. La chose avait sans doute plus de cinq sens, de sorte que son comportement était impossible à déduire par comparaison avec les animaux existants. Cette créature, Lake en fit l'hypothèse, avait dû être d'une sensibilité aiguë, avec des fonctions finement différenciées dans son monde primitif, à l'instar des fourmis et des abeilles d'aujourd'hui. Elle se reproduisait à la manière des plantes cryptogames, en particulier des ptéridophytes, avec ses sporanges au bout des ailes. Sans doute se développait-elle à partir d'un thalle ou d'un prothalle.

Lui donner un nom à ce stade eût été pure folie. La chose avait l'apparence d'un radiaire, mais était manifestement plus que cela. Elle était en partie végétale tout en possédant les trois quarts des éléments essentiels à une structure animale. Son origine marine était attestée par sa silhouette symétrique et certains autres attributs ; et cependant, on ne pouvait dire avec précision où s'arrêtaient ses dernières adaptations. Les ailes, après tout, évoquaient avec insistance une vie aérienne. Comment, sur une terre tout juste née, cette créature avait-elle pu connaître une évolution si incroyablement complexe, et si rapide qu'elle avait laissé des empreintes sur des roches archéennes ? Ce problème dépassait l'entendement et, bizarrement, rappela à Lake les mythes primitifs dans lesquels les Grands Anciens, descendus des étoiles, avaient créé la vie par erreur ou plaisanterie, mais aussi les récits extravagants sur des êtres des collines cosmiques d'un autre monde que racontait un collègue folkloriste du département d'anglais de l'université Miskatonic.

Naturellement, Lake envisagea la possibilité que les empreintes précambriennes aient été laissées par un ancêtre moins évolué des spécimens étudiés, mais rejeta bientôt cette théorie trop simple au vu des qualités structurelles avancées des fossiles plus anciens. En l'occurrence, les caractéristiques des spécimens postérieurs donnaient des signes de décadence plutôt que d'évolution. La taille des pseudopodes avait diminué, et la morphologie dans son ensemble paraissait plus fruste et simplifiée. D'ailleurs, les nerfs et autres organes que Lake venait d'examiner suggéraient une singulière régression par rapport à des formes encore plus complexes. Les parties atrophiées et vestigiales étaient étonnamment répandues. Dans l'ensemble, Lake n'avait pas résolu grand-chose ; il dut donc se rabattre sur la mythologie pour trouver un nom provisoire et, comme par plaisanterie, donna aux créatures le sobriquet d'« Anciens ».

Vers 2 h 30, ayant décidé de remettre son travail pour prendre un peu de repos, Lake recouvrit d'une bâche l'organisme disséqué, quitta la tente laboratoire et considéra les spécimens intacts avec un intérêt renouvelé. Le soleil perpétuel de l'Antarctique avait commencé à réchauffer quelque peu leurs tissus, et les pointes et tubes de la tête de deux ou trois d'entre eux semblaient en voie de déploiement. Toutefois, Lake ne croyait pas à un danger de décomposition immédiat étant donné la température. Il rapprocha par contre tous les spécimens non disséqués les uns des autres et jeta sur les corps une toile de tente inutilisée afin de les protéger des rayons directs du soleil. Cela empêcherait peut-être aussi les chiens de sentir leur odeur, la nervosité et l'hostilité des bêtes commençant vraiment à poser un problème malgré la distance et la hauteur sans cesse croissante des murs de neige qu'un contingent d'hommes de plus en plus nombreux se dépêchait de dresser. Lake dut lester les coins de la toile avec de lourds blocs de neige pour la maintenir en place, car le vent soufflait de plus en plus fort, signe que les montagnes allaient bientôt déchaîner une très violente tempête. Nos inquiétudes initiales quant aux brusques rafales antarctiques étaient ravivées, et, sous la supervision d'Atwood, on entreprit de dresser des remblais de neige du côté des montagnes pour protéger les tentes, l'enclos des chiens et les rudimentaires hangars à avions. Lesdits hangars, commencés avec des blocs de neige tassée à des moments perdus, étaient loin d'être assez hauts ; Lake dut mettre l'équipe entière au travail toute affaire cessante pour les finir.

Il était plus de 4 heures quand Lake se déclara enfin prêt à couper la transmission, et nous conseilla de prendre du repos, comme son équipe lorsque les abris seraient un peu plus hauts. Pabodie et lui eurent une discussion amicale sur les ondes, au cours de laquelle le biologiste réitéra ses compliments sur les foreuses véritablement exceptionnelles qui l'avaient aidé dans sa découverte. Atwood envoya aussi ses salutations et ses éloges. J'adressai mes chaleureuses félicitations à Lake, concédai qu'il ne s'était pas trompé pour l'expédition dans l'ouest, puis nous nous mîmes tous d'accord pour reprendre contact par TSF à 10 heures. Si la tempête était terminée, Lake enverrait un avion nous chercher à la base. Juste avant de me retirer, j'envoyai un dernier message à l'*Arkham* dans lequel je donnai pour instruction d'atténuer les nouvelles du jour à l'intention du monde extérieur, car il me semblait nécessaire d'étayer nos dires, les détails complets me semblant assez renversants pour susciter une vague d'incrédulité.

III

Aucun de nous, j'imagine, ne dormit très profondément ni même d'une traite cette nuit-là. L'enthousiasme suscité par la découverte de Lake et la fureur croissante du vent nous en empêchèrent. La tempête était si violente, même où nous nous trouvions, que nous ne pouvions nous empêcher de nous demander ce qu'il en était au camp de Lake, juste sous les vastes sommets inconnus qui avaient engendré et déchaîné l'ouragan. À 10 heures, McTighe, qui était réveillé, essaya comme prévu de joindre Lake par TSF, mais quelque phénomène électrique dans l'air troublé de l'ouest semblait empêcher toute communication. Cependant, nous parvînmes à contacter l'*Arkham*, et Douglas m'informa qu'il n'avait pas non plus réussi à joindre Lake. Il n'était pas au courant pour le vent, car il y en avait très peu dans le détroit de McMurdo malgré la rage avec laquelle il s'obstinait à souffler dans notre secteur.

Tout le monde passa la journée à écouter avec inquiétude, en essayant de contacter Lake à intervalles réguliers mais toujours en vain. Vers midi, un ouragan frénétique déferla de l'ouest, et nous craignîmes pour la sécurité de notre camp ; mais le vent finit par se calmer, à l'exception d'un sursaut modéré à 14 heures. Après 15 heures, c'était le calme plat. Nous redoublâmes nos efforts pour joindre Lake. Comme il disposait de quatre avions, chacun muni d'un excellent dispositif à ondes courtes, nous ne pouvions imaginer qu'un accident ordinaire ait endommagé tout son équipement radio d'un coup. Et pourtant, le silence de mort se prolongeait, et en pensant à la force délirante avec laquelle avait dû souffler le vent dans sa région, nous ne pouvions nous empêcher de faire les conjectures les plus pessimistes.

À 18 heures, nos craintes s'étaient aggravées et précisées. Après avoir consulté Douglas et Thorfinnssen par TSF, je pris la décision d'enquêter. Le cinquième avion, que nous avions laissé à l'entrepôt du détroit de McMurdo avec Sherman et deux marins, était en bon état et prêt à servir sur-le-champ, et il semblait bien que le cas d'urgence pour lequel nous l'avions gardé s'était présenté. Je joignis Sherman par radio et lui ordonnai de me rejoindre avec l'avion et les deux marins à la base sud. Il fallait faire aussi vite que possible, les conditions atmosphériques étant apparemment très favorables. Nous discutâmes ensuite du personnel de la mission d'enquête en préparation, et décidâmes que nous emmènerions tout le monde, ainsi que le traîneau et les chiens que j'avais gardés avec moi. Même une telle charge ne dépasserait pas les capacités de portage d'un de ces énormes appareils construits selon nos spécifications afin de supporter le poids de grosses machines. Je continuais régulièrement d'essayer de joindre Lake, sans résultat.

Sherman, accompagné des marins Gunnarsson et Larsen, décolla à 19 h 30, et nous fit en plein vol plusieurs rapports sur son trajet sans histoires. Ils arrivèrent à notre base à minuit, et nous discutâmes aussitôt de notre action suivante. Il était risqué de survoler l'Antarctique avec un seul avion sans possibilités d'escale, mais nul ne se déroba face à ce qui paraissait être une pure nécessité. Nous allâmes nous coucher à 2 heures du matin non sans avoir commencé à charger l'appareil, mais nous relevâmes après quatre courtes heures de sommeil pour terminer chargement et bagages.

À 7 h 15 le 25 janvier, nous partîmes pour le nord-ouest, McTighe étant aux commandes, avec dix hommes, sept chiens, un traîneau, des réserves de carburant et de nourriture, et diverses choses, dont la radio de bord. Le ciel était dégagé, plutôt calme, et la température relativement douce. Nous ne prévoyions aucun problème particulier pour atteindre la latitude et la longitude indiquées par Lake pour localiser son camp. Ce que nous craignions, c'était plutôt ce que nous risquions de trouver ou de ne pas trouver à la fin de notre voyage, car pour toute réponse aux appels que nous lancions vers la base, nous n'obtenions toujours que du silence.

Chacun des incidents de ce vol de quatre heures et demie est imprimé dans ma mémoire en raison de sa situation cruciale dans ma vie. Il marque la perte, à l'âge de cinquante-quatre ans, de la paix et de l'équilibre que possède l'esprit normal, habitué qu'il est à une certaine conception de la nature qui l'entoure et de ses lois. Les dix hommes de l'équipe de sauvetage – mais l'étudiant Danforth et moi plus que tous les autres – allaient désormais se trouver confrontés à un monde hideusement magnifié où rôdaient des horreurs que rien ne pourrait effacer et que nous nous retiendrions, si possible, de révéler au reste de l'humanité. Les journaux publièrent les bulletins que nous envoyions depuis l'avion, et dans lesquels nous racontions notre vol en continu, les deux batailles que nous menâmes en altitude contre les bourrasques traîtresses, notre aperçu de la surface défoncée où Lake avait creusé son premier puits trois jours plus tôt, et notre rencontre avec un groupe d'étranges cylindres de neige duveteux comme ceux dont Amundsen et Byrd avaient dit qu'ils roulaient dans le vent sur des lieues et des lieues de plateau glacé. Toutefois, vint un moment où nous ne trouvâmes plus les mots pour décrire nos sensations d'une manière que la presse comprendrait, et un autre où nous fûmes forcés d'opter pour une stricte censure.

Le marin Larsen fut le premier à apercevoir devant nous la silhouette déchiquetée des cônes et sommets surnaturels, et ses cris attirèrent tout le monde aux hublots du grand avion compartimenté. Malgré notre vitesse, les montagnes ne grandissaient que très lentement ; nous en déduisîmes qu'elles se trouvaient à une distance considérable, et que seule leur taille anormale nous les rendait visibles. Cependant, petit à petit, elles montaient, menaçantes, dans le ciel occidental, ce qui nous permit de distinguer des pics nus, lugubres, noirâtres, et de percevoir l'étrange sentiment d'imaginaire qu'elles inspiraient, baignées dans la lumière rougeâtre de l'Antarctique, sur la toile de fond provocatrice que formaient les nuages irisés de poussière de glace. La scène tout entière semblait évoquer, de manière tenace et pénétrante, quelque secret formidable, et la possibilité d'une révélation. On aurait dit que ces sinistres flèches de cauchemar étaient les pylônes d'une effroyable porte ouvrant sur les sphères interdites du rêve, sur les abîmes complexes de l'éternité, de l'infini et de l'ultradimensionnalité. Je ne pouvais m'empêcher de penser que ces pics étaient maléfiques ; des montagnes démentes dont l'autre versant était tourné vers un abîme absolu et maudit. Cet arrière-plan de nuages bouillonnants, à demi lumineux, suggérait l'ineffable promesse d'un vague au-delà éthéré dont la spatialité dépassait la dimension terrestre, et constituait un effarant rappel de l'isolement total, de la singularité, de la désolation et de la mort immémoriale de ce monde austral, vierge et insondable.

Ce fut le jeune Danforth qui attira notre attention sur la silhouette curieusement régulière des plus hauts sommets, une silhouette rappelant les fragments agglomérés de cubes parfaits dont Lake avait fait mention dans ses messages, et qui justifiait parfaitement sa comparaison avec les ruines indistinctes, comme rêvées, de temples primitifs juchés sur des sommets nuageux d'Asie dans les peintures si subtiles et insolites de Rocrich. Il se dégageait en effet de cet étrange continent aux chaînes mystérieuses l'impression obsédante de se trouver au milieu d'un tableau du maître.

Je l'avais ressentie en octobre, alors que nous apercevions pour la première fois la terre Victoria, et je l'éprouvais de nouveau, comme je sentais une nouvelle vague de malaise m'envahir alors que je prenais conscience des ressemblances avec les mythes archéens, des similitudes troublantes entre ce royaume de la mort et le tristement célèbre plateau de Leng des écrits primitifs. Les mythologistes situent Leng en Asie centrale, mais l'espèce humaine et ses prédécesseurs ont la mémoire longue, et il est fort possible que certains récits nous viennent de contrées, montagnes et temples dont l'horreur remonte plus loin que l'Asie et qu'aucun monde humain connu. Quelques mystiques audacieux ont évoqué la possibilité que les fragmentaires *Manuscrits Pnakotiques* aient une origine prépléistocène, et suggéré que les disciples de Tsathoggua étaient aussi étrangers à l'humanité que Tsathoggua lui-même. Leng, où qu'elle se terre dans l'espace et le temps, n'était pas un lieu qui m'attirait le moins du monde, et je ne goûtais pas davantage la proximité d'un monde qui, jadis, avait engendré d'ambiguës monstruosités archéennes comme celles que Lake avait décrites. Sur le moment, je regrettai amèrement d'avoir lu le détestable *Necronomicon* et d'avoir tant discuté à l'université avec Wilmarth, le folkloriste à l'érudition si mal placée.

Cet état d'esprit ne fit probablement qu'accentuer ma réaction à l'étrange mirage qui s'abattit du zénith de plus en plus opalescent alors que nous approchions des monts et commencions à voir s'accumuler les ondulations des contreforts. Au cours des semaines précédentes, j'avais vu des dizaines de mirages polaires, dont certains étaient aussi bizarres et prodigieusement frappants ; mais celui que nous avions sous les yeux avait une touche tout à fait inédite et obscure de symbolisme menaçant, et je ne pus que frissonner en voyant surgir de la vapeur de glace bouillonnante, au-dessus de nos têtes, un inextricable labyrinthe de murs, de tours et de minarets.

On aurait dit une cité cyclopéenne dont l'architecture était inconnue de l'homme ou inaccessible à l'imagination humaine, composée de vastes agrégats de murs noirs comme la nuit, véritables perversions des lois géométriques et dont la sinistre bizarrerie atteignait de grotesques sommets. Il y avait des cônes tronqués, parfois cannelés ou en terrasses, surmontés de hautes cheminées cylindriques, élargies ici et là de formes bulbaires, et souvent surmontées d'empilements de disques peu épais et festonnés ; et aussi d'étranges constructions tabulaires qui dépassaient du reste, évoquant des empilements d'innombrables dalles rectangulaires ou de plateaux circulaires, ou encore d'étoiles à cinq branches, chacune chevauchant la précédente. Il y avait des cônes et pyramides composites, soit isolés, soit surmontant des cylindres, des cubes ou d'autres cônes ou pyramides tronqués et, parfois, des flèches effilées étrangement regroupées par cinq. Toutes ces structures fébriles semblaient reliées par des ponts tubulaires passant de l'une à l'autre à des altitudes diverses mais toujours vertigineuses ; d'ailleurs, la taille implicite de l'ensemble était tout bonnement terrifiante et oppressante de gigantisme. Ce mirage rappelait certaines des formes les plus extravagantes décrites et dessinées en 1 820 par l'explorateur arctique et chasseur de baleines Scoresby mais, en ce lieu et à ce moment, avec ces sombres montagnes inconnues dressées, époustouflantes, devant nous, avec à l'esprit cette antédiluvienne erreur de la nature et la menace du désastre probable pesant sur notre expédition, nous semblions tous y voir le signe d'une malfaisance latente, un présage infiniment funeste.

Je ne fus pas mécontent lorsque le mirage commença à se dissiper, même si, ce faisant, les tourelles et cônes cauchemardesques prirent pour quelques instants un aspect difforme qui les rendit plus hideuses encore. Alors que l'illusion tout entière se dissolvait dans un bouillonnement opalescent, nous tournâmes de nouveau notre regard vers la terre, et vîmes que notre vol touchait à sa fin. Les monts inconnus se dressaient, vertigineux, tel un effroyable rempart bâti par des géants, et il n'y avait pas besoin de jumelles pour voir leurs curieuses régularités, tant elles se découpaient avec une netteté étonnante. Nous survolions à présent les contreforts les plus bas, et distinguions, au milieu de la neige, de la glace et des zones dénudées du plateau principal, deux points plus sombres que nous identifiâmes comme étant le camp de Lake et le chantier de forage. Les contreforts montaient rapidement à huit ou dix kilomètres de nous et formaient presque à eux seuls une chaîne indépendante des terrifiants sommets plus qu'himalayens qui se découpaient derrière eux. Ropes – l'étudiant qui avait remplacé McTighe aux commandes – amorça enfin la descente vers la zone sombre de gauche, dont la taille permettait de supposer qu'il s'agissait du camp. Pendant ce temps, McTighe envoyait le dernier message non censuré que le monde recevrait de la part de notre expédition.

Bien entendu, tout le monde a lu les brefs bulletins décevants sur le reste de notre séjour en Antarctique. Quelques heures après notre atterrissage, nous adressâmes un prudent compte-rendu de la tragédie que nous avions découverte, dans lequel nous annoncions à contrecœur que l'effroyable tempête de la veille ou de l'avant-veille avait anéanti l'équipe de Lake. Onze morts avérés, et le jeune Gedney disparu. Le public nous pardonna le flou et le manque de détails de notre rapport, supposant que nous étions sous le choc de ce triste événement ; on nous crut lorsque nous expliquâmes que les mutilations infligées par le vent avaient rendu les onze corps intransportables. En fait, je me félicite qu'en dépit de la détresse, de l'incompréhension totale et de l'horreur qui s'étaient emparées de nous, nous nous en soyons la plupart du temps tenus à la réserve. L'abominable vérité résidait dans ce que nous n'osions dire ; dans ce que je n'oserais dire aujourd'hui encore s'il ne me fallait mettre d'autres explorateurs en garde contre d'indicibles terreurs.

Le fait est que le vent avait causé d'épouvantables ravages. Nos compagnons auraient-ils pu survivre, même si l'autre événement ne s'était pas produit ? On peut sérieusement en douter. La tempête, avec son déferlement délirant de particules de glace, avait dû dépasser tout ce que l'expédition avait connu jusque-là. L'un des abris d'avions – qui avaient apparemment tous été abandonnés dans un état beaucoup trop fragile et inadapté – était presque pulvérisé ; quant au derrick, au loin, sur le site de forage, il était en mille morceaux. Le métal exposé des avions cloués au sol et des machines de forage était si érodé qu'il étincelait, et deux des petites tentes étaient abattues malgré les remblais. Les surfaces de bois laissées à la merci des rafales étaient piquetées et décapées, et il ne restait plus la moindre empreinte dans la neige. Il est aussi exact que nous ne trouvâmes pas un seul spécimen biologique archéen en assez bon état pour qu'on le transportât. Nous ramassâmes par contre quelques minéraux dans un grand monceau de débris, notamment plusieurs fragments de la fameuse stéatite verdâtre dont la forme en étoile à cinq branches curieusement arrondie et les légers motifs à base de points groupés inspiraient tant de rapprochements douteux, et aussi des os fossilisés parmi lesquels se trouvaient des exemples particulièrement caractéristiques d'échantillons aux curieuses mutilations.

Aucun chien n'avait survécu. L'enclos de neige dressé à la hâte près du camp était presque entièrement détruit. C'était peut-être l'œuvre de la tempête, mais les plus gros dégâts, sur le mur du côté du camp et qui n'était donc pas exposé au vent, suggèrent que les bêtes affolées avaient sauté ou forcé l'obstacle. Les trois traîneaux avaient disparu, et nous nous efforçâmes d'expliquer que le vent les avait emportés dans l'inconnu. Comme les appareils de forage et de fusion des glaces que nous retrouvâmes sur le site des fouilles étaient irréparables, nous les utilisâmes pour combler l'ouverture que Lake avait percée à la dynamite, cette porte vaguement inquiétante ouvrant sur le passé.

Nous laissâmes aussi au camp les deux avions les plus détériorés, car il ne restait que quatre vrais pilotes – Sherman, Danforth, McTighe et Ropes – parmi les survivants de l'expédition ; sans compter que l'état nerveux de Danforth ne lui permettrait pas de naviguer. Nous rapportâmes tous les livres et l'équipement scientifique entre autres accessoires que nous pûmes retrouver, le gros du matériel ayant inexplicablement disparu. Les tentes de réserve et les fourrures étaient soit introuvables, soit en très mauvais état.

C'est vers 16 heures, après un grand vol de reconnaissance qui nous força à considérer Gedney comme définitivement perdu, que nous envoyâmes notre message prudent à l'*Arkham* afin qu'il le retransmette ; nous nous en tînmes à un rapport aussi simple et distancié que possible, et je pense que c'était une bonne chose. La seule agitation que nous évoquâmes fut celle des chiens, plus que nerveux à proximité des spécimens biologiques, comme on pouvait s'y attendre à la lecture des comptes-rendus de ce pauvre Lake. Je ne crois pas que nous ayons fait mention de leur nervosité non moins grande lorsqu'ils flairèrent les fragments étranges de stéatite verdâtre, mais aussi certains objets traînant dans la zone du désastre, entre autres les instruments scientifiques, les avions, les machines, aussi bien au camp que sur le site de forage ; autant d'objets dont les parties avaient été détachées, déplacées, ou faussées par un vent étonnamment curieux et investigateur.

On nous pardonnera d'être restés flous au sujet des quatorze spécimens biologiques. Nous affirmâmes n'en avoir retrouvé que d'endommagés, mais qu'il en restait assez pour prouver l'étonnante et absolue véracité de la description de Lake. Il nous fut difficile de garder nos émotions pour nous ; en tout cas, nous ne donnâmes pas le nombre de nos découvertes et ne parlâmes pas davantage de la manière précise dont nous les avions faites. Nous nous étions déjà mis d'accord pour ne rien dire qui pût suggérer une quelconque folie chez les hommes de Lake ; et pourtant, comment ne pas y penser en découvrant les corps incomplets de six monstruosités soigneusement enfouies debout dans des tombes de neige de trois mètres, sous des tertres à cinq branches percés de trous formant des motifs identiques à ceux des drôles de pierres verdâtres venues des temps mésozoïque ou tertiaire ? Les huit spécimens entiers mentionnés par Lake paraissaient s'être tout bonnement volatilisés.

Comme nous ne voulions pas non plus troubler la tranquillité du public, Danforth et moi ne donnâmes pas de détails sur notre effroyable excursion de l'autre côté des montagnes le lendemain. Le fait est que seul un avion allégé au maximum pouvait franchir une chaîne de cette hauteur, si bien que la mission de reconnaissance – et c'est heureux – se limita à nous deux. À notre retour, à une heure du matin, Danforth était au bord de l'hystérie mais parvenait à garder un flegme admirable. Je n'eus pas à insister pour qu'il me promette de ne montrer ni nos croquis, ni ce que nous avions dans nos poches, de se contenter de donner à nos compagnons les détails que nous étions convenus de communiquer au monde extérieur, et de cacher nos pellicules pour les faire développer ultérieurement à notre seul usage. Ainsi donc, une partie de l'histoire que je vais raconter sera aussi nouvelle pour Pabodie, McTighe, Ropes, Sherman et les autres que pour le public. En vérité, Danforth est encore plus muet que moi : en effet, il a vu – ou pense avoir vu – quelque chose dont il refuse de parler, même à moi.

Comme tout le monde le sait, nous faisions dans notre rapport le récit de notre difficile ascension ; nous y confirmions l'opinion de Lake selon laquelle les hauts sommets étaient faits d'ardoise archéenne et d'autres strates écrasées et très primitives qui n'avaient pas changé depuis le milieu de l'époque comanchéenne au moins ; nous y faisions un commentaire conventionnel sur la régularité des cubes agrégés et des formations en remparts ; nous concluions aussi que les entrées de cavernes indiquaient des veines calcaires dissoutes, et faisions l'hypothèse que certains cols et pentes permettraient à des grimpeurs expérimentés d'escalader et de traverser toute la chaîne, et l'observation que sur l'autre versant mystérieux s'étendait un vaste plateau aussi ancien et immuable que les montagnes elles-mêmes : six mille mètres d'altitude, avec d'extravagantes formations rocheuses dépassant d'une fine couche de glace, et des contreforts bas et progressifs entre le plateau à proprement parler et les à-pics des plus hauts sommets.

Ces données sont véridiques à tout point de vue, même si elles sont partielles, et elles satisfirent totalement les hommes restés au camp. Nous attribuâmes notre absence de seize heures – plus qu'il en fallait pour le vol, l'atterrissage, l'exploration et la collecte de pierres – à une suite aussi longue qu'imaginaire de vents contraires. Nous racontâmes aussi avec fidélité notre atterrissage sur les contreforts de l'autre versant. Notre récit, fort heureusement, paraissait si réaliste et banal que nul ne fut tenté de nous imiter. Si l'un de nos compagnons avait essayé, j'aurais usé de toute ma force de persuasion pour l'en empêcher. Quant à Danforth, qui sait ce qu'il aurait fait ? Pendant notre absence, Pabodie, McTighe et Williamson avaient travaillé d'arrache-pied à remettre les deux meilleurs avions de Lake en état malgré le sabotage totalement inexplicable des commandes.

Nous décidâmes de charger tous les avions le lendemain matin afin de regagner notre base le plus tôt possible. Bien qu'il fût indirect, c'était le chemin le plus sûr pour rejoindre le détroit de McMurdo ; car un survol en ligne droite des étendues les plus absolument inconnues de ce continent mort depuis la nuit des temps impliquerait beaucoup de risques supplémentaires. Il était illusoire d'espérer poursuivre l'exploration après nos pertes tragiques et la destruction du matériel de forage. Avec les doutes et horreurs qui nous entouraient – et que nous gardions pour nous – nous n'avions qu'une envie : nous échapper dès que possible de ce monde austral, royaume de désolation où rôde la folie.

Le public le sait, notre retour au monde se fit sans autres catastrophes. Tous les avions rejoignirent l'ancienne base le lendemain soir – c'était le 27 janvier – après un vol rapide et sans escale. Le 28, nous gagnâmes le détroit de McMurdo en deux étapes ; la défaillance d'un gouvernail par vent violent, alors que nous survolions le banc de glace après avoir quitté le grand plateau, fut responsable de notre unique et très brève pause. Cinq jours plus tard, l'*Arkham* et le *Miskatonic*, avec à leur bord tous les hommes et le matériel, se libéraient de la banquise de plus en plus épaisse et remontaient la mer de Ross, les montagnes moqueuses de la terre Victoria se dressant à l'ouest sur un ciel antarctique menaçant et déformant les gémissements du vent en une large gamme de son flûtés qui me glaçaient le tréfonds de l'âme. Après moins de quinze jours, nous laissions derrière nous la dernière trace de terre polaire en remerciant le ciel d'en avoir fini avec ce royaume hanté et maudit où la vie et la mort, l'espace et le temps avaient passé de sombres alliances blasphématoires, aux temps obscurs suivant les premiers frémissements de la matière sur la croûte terrestre à peine refroidie.

Depuis notre retour, nous nous efforçons tous en permanence de décourager l'exploration antarctique, et gardons pour nous, avec une loyauté aussi magnifique qu'unanime, nos doutes et hypothèses. Le jeune Danforth lui-même, en dépit de sa dépression nerveuse, n'a jamais flanché ni parlé à ses médecins. En réalité, comme je l'ai dit, il y a une chose qu'il est le seul à avoir vue et dont il refuse de parler à quiconque ; et pourtant, s'il s'en ouvrait à moi, je suis sûr que cela améliorerait son état psychologique. Cela pourrait expliquer des choses et lui apporter un grand soulagement, même s'il a peut-être été victime d'une simple illusion consécutive à un choc. C'est l'impression qu'il me donne dans ces rares moments où, ne se contrôlant plus, il me murmure des propos incohérents qu'il renie avec véhémence sitôt qu'il se ressaisit.

Nous aurons du mal à détourner les autres du grand sud blanc, et nos efforts pourront parfois nuire directement à notre cause en attirant l'attention. Nous aurions dû savoir depuis le début que la curiosité humaine est inépuisable, et que nos résultats officiels suffiraient à encourager les hommes dans cette même sempiternelle poursuite de l'inconnu. Les rapports de Lake sur ces monstruosités biologiques avaient suscité un enthousiasme extrême chez les naturalistes et paléontologues, mais nous avons eu la prudence de ne montrer ni les fragments prélevés sur les spécimens enterrés, ni les photographies desdits spécimens en l'état où on les avait trouvés. Nous nous sommes aussi retenus de dévoiler les échantillons les plus déconcertants d'os mutilés et de stéatite verdâtre ; de notre côté, Danforth et moi gardons pour nous les croquis et clichés pris sur le vaste plateau derrière la chaîne, mais aussi les choses fripées que nous avons lissées et examinées dans la terreur avant de les rapporter dans nos poches.

Mais voilà que se monte cette expédition Starkweather-Moore, et avec un sérieux qui dépasse de loin tout ce que nous avons pu tenter. Si l'on ne les dissuade pas, ils atteindront le cœur le plus secret de l'Antarctique puis, à force de forages et de fusions, remonteront à la surface ce qui pourrait bien entraîner la fin du monde. Aussi dois-je me résoudre à passer outre toutes mes réticences, y compris à propos de cette fatidique chose innommable, au-delà des montagnes de la démence.

IV

C'est avec beaucoup d'hésitation et de répugnance que je retourne par la pensée au camp de Lake et à ce que nous y avons vraiment trouvé… ainsi qu'à l'autre chose, derrière les montagnes. Je suis sans cesse tenté d'esquiver les détails et de remplacer les faits et déductions inéluctables par de simples allusions. J'espère en avoir déjà assez dit pour passer rapidement sur le reste ; j'entends par là le reste des horreurs que nous découvrîmes dans le camp. J'ai parlé des ravages du vent sur la zone, des abris endommagés, des machines démontées, des différents degrés de nervosité de nos chiens, des traîneaux et autres objets disparus, de la mort des hommes et des animaux, de la disparition de Gedney et des six spécimens biologiques d'un monde mort depuis quarante millions d'années, dans leurs folles sépultures, avec leur texture étrangement bien conservée malgré leurs blessures structurelles. Je ne me rappelle pas avoir mentionné qu'en examinant les chiens morts, nous nous étions aperçus qu'il en manquait un. Nous n'en fîmes pas grand cas sur le moment ; en l'occurrence, seuls Danforth et moi serions amenés à repenser à cette disparition.

L'essentiel de ce que j'ai omis a trait aux cadavres, et à certains détails qui pourraient ou non apporter une logique hideuse et incroyable au chaos apparent. Sur le moment, j'essayai de détourner l'attention des hommes de ces détails ; car il était tellement plus simple – tellement plus normal – de tout attribuer à une crise de démence de la part de membres de l'équipe de Lake. Selon toute apparence, le vent démoniaque soufflant des montagnes avait dû être assez violent pour rendre fou tout homme perdu en ce haut lieu désertique des mystères terrestres.

La suprême anomalie était bien entendu l'état des cadavres humains et canins. Tous s'étaient trouvés au cœur de quelque terrible altercation. Ils étaient déchirés et mutilés d'horribles et inexplicables manières. La mort, pour autant qu'on pût en juger, avait été systématiquement causée par strangulation ou lacération. À l'évidence, les chiens étaient à l'origine de l'incident, car l'état de leur enclos bâclé montrait que ce dernier avait été enfoncé de l'intérieur. Le corral était à l'écart du camp en raison de l'aversion des bêtes pour ces organismes archéens infernaux, mais la précaution s'était avérée vaine. Abandonnés à eux-mêmes sous un vent monstrueux, derrière des murs fragiles et insuffisamment hauts, les chiens avaient dû se jeter sur l'obstacle. Nul ne saurait dire si c'était la faute des rafales ou de quelque odeur subtile mais de plus en plus forte émanant des spécimens cauchemardesques. Certes, lesdits spécimens étaient recouverts d'une toile de tente, mais le soleil oblique de l'Antarctique avait frappé sans discontinuer sur cette dernière et, comme Lake l'avait écrit, la chaleur avait tendance à détendre et dilater les tissus étrangement intacts et coriaces des créatures. Peut-être le vent avait-il emporté la toile et secoué ces choses, ce qui avait eu pour effet, malgré leur antiquité, de rendre évidentes leurs émissions olfactives les plus âcres.

Mais quoi qu'il se soit produit, le résultat était hideux et révoltant. Peut-être vaudrait-il mieux que je mette mon émotivité de côté pour enfin révéler le pire de cette tragédie ; non sans avoir tout d'abord fait part de mon absolue certitude, fondée sur des observations de première main et les déductions parfaitement rigoureuses de Danforth et moi-même, que Gedney, alors disparu, n'était absolument pas responsable des horreurs que nous trouvâmes. J'ai dit que les corps étaient effroyablement mutilés. Il me faut ajouter que certains avaient été incisés et amputés de la plus singulière, la plus froide et la plus inhumaine des manières. C'était vrai des chiens comme des hommes. Les corps les plus sains, les plus gras, qu'ils soient à quatre pattes ou à deux, étaient amputés de leurs principales masses de chair. On aurait dit l'œuvre d'un boucher consciencieux. Autour des cadavres, on retrouva du sel – pris dans les coffres à provisions fracassés de nos avions –, ce qui, en plus d'être insolite, suggérait les conclusions les plus abominables. L'horreur s'était produite dans l'un des hangars de fortune après que l'on avait traîné l'avion hors de l'abri ; par la suite, le vent avait effacé toute empreinte susceptible de fournir une théorie plausible. Des morceaux dispersés de vêtements arrachés comme à coups de serpe des sujets humains disséqués ne suggéraient aucune piste. Inutile de s'appesantir sur l'impression, fort vague, que j'eus de voir des débuts d'empreintes dans un coin abrité de l'enceinte détruite, car mon sentiment était qu'il ne s'agissait pas d'empreintes humaines, illusion forcément due à tout ce que ce pauvre Lake avait dit sur les traces fossiles au fil des semaines précédentes. Il fallait se méfier de son imagination, à l'ombre de ces montagnes démentes.

Comme je l'ai indiqué, au bout du compte, il s'avéra que Gedney et un chien avaient disparu. À la suite de la découverte de cet abominable hangar, il nous manquait deux hommes et deux chiens ; mais la tente de dissection à peu près intacte dans laquelle nous pénétrâmes après avoir examiné les tombes monstrueuses avait quelque chose à nous apprendre. Elle n'était pas dans l'état où Lake l'avait laissée, car les restes du monstre primitif ne se trouvaient plus, recouverts, sur la table d'opération improvisée. En effet, nous nous étions déjà aperçus qu'une des six choses incomplètes enfouies dans leurs tombes – en l'occurrence, celle qui répandait une odeur légère mais particulièrement détestable – devait être composée des morceaux rassemblés de l'entité que Lake avait essayé d'étudier. La table de laboratoire et son pourtour étaient jonchés d'autres choses, et il ne nous fallut pas longtemps pour comprendre qu'il s'agissait des restes d'un homme et d'un chien disséqués avec minutie mais maladresse. J'épargnerai la sensibilité des survivants en taisant l'identité de la victime humaine.

Les instruments d'anatomie de Lake n'étaient plus là, mais certains indices montraient qu'ils avaient été nettoyés avec soin. Le poêle à essence avait aussi disparu mais, autour de son emplacement, le sol était étrangement jonché d'allumettes. Nous enterrâmes les restes de l'homme avec ses dix compagnons d'infortune, et les restes canins avec les trente-cinq chiens. Quant aux traînées bizarres sur la table et au désordre de livres illustrés malmenés avant d'être éparpillés, nous étions trop abasourdis pour faire une quelconque conjecture.

Voilà pour ce que le camp nous réservait de pire, mais d'autres choses, bien que moins horribles, s'avérèrent tout aussi déconcertantes. Impossible de formuler une hypothèse raisonnable sur la disparition de Gedney, du chien, des huit spécimens biologiques intacts, des trois traîneaux, de certains instruments, d'ouvrages techniques et scientifiques illustrés, de matériel d'écriture, de torches électriques et de piles, de nourriture et de carburant, d'appareils de chauffage, de tentes de réserve, de tenues en fourrure et ainsi de suite. De même, inutile de chercher à expliquer les taches d'encre cernées d'éclaboussures sur certaines feuilles de papier, et les curieux signes de manipulation maladroite et d'expérimentation insolite autour des avions et de tous les autres dispositifs mécaniques, dans le camp comme sur le site du forage. Les chiens semblaient avoir en horreur ces appareils étrangement démontés. Il y eut aussi le saccage du garde-manger, la disparition de certaines denrées de base, et le comique discordant d'un tas de boîtes de conserve ouvertes par des moyens improbables et à des endroits qui ne l'étaient pas moins. Le grand nombre d'allumettes disséminées, qu'elles soient intactes, cassées ou brûlées, était une énième énigme mineure, tout comme les deux ou trois toiles de tente et combinaisons en fourrure qui traînaient, tailladées de façon étrange et peu orthodoxe, sans doute suite à des tentatives maladroites pour effectuer d'inconcevables adaptations. Les mauvais traitements infligés aux cadavres humains et canins et les délirantes sépultures des spécimens archéens endommagés étaient cohérents avec cette apparente folie destructrice. En prévision d'une situation comme celle d'aujourd'hui, nous photographiâmes soigneusement toutes les preuves de comportement anormal au camp ; nous nous en servirons pour étayer notre plaidoyer contre le projet de l'expédition Starkweather-Moore.

Nos premières actions, après la découverte des corps dans le hangar, furent de prendre des clichés des incroyables tombes sous leurs tertres de neige à cinq branches, puis de les ouvrir. Nous ne pûmes nous empêcher de remarquer la ressemblance de ces monstrueux monticules percés de points groupés avec les descriptions que le pauvre Lake avait données des étranges fragments de stéatite verdâtre ; et lorsque nous tombâmes sur des échantillons desdites pierres dans le grand tas de minéraux, nous trouvâmes effectivement la ressemblance frappante. Il faut reconnaître que la formation dans son ensemble évoquait de manière abominable la tête en forme d'étoile de mer des entités archéennes ; nous en convînmes, ce rapprochement avait dû exercer une forte influence sur les esprits fragilisés, parce que trop sollicités, de l'équipe de Lake.

Car la folie – en particulier celle de Gedney, seul survivant potentiel – fut l'explication que tous admirent spontanément, du moins à haute voix ; cependant, je n'aurai pas la naïveté de le nier, chacun de nous a pu envisager à brûle-pourpoint des hypothèses que la raison lui interdisait de formuler complètement. Sherman, Pabodie et McTighe survolèrent les environs dans l'après-midi en scrutant l'horizon avec leurs jumelles à la recherche de Gedney ou de l'équipement disparu, mais revinrent bredouilles. Ils rapportèrent que la titanesque chaîne s'étirait à l'infini à droite comme à gauche, sans perte d'altitude ni changements dans sa structure de base. Sur certains sommets, toutefois, les formations régulières de cubes et de remparts étaient plus nettes et plus sobres, et présentaient une ressemblance d'autant plus fantastique avec les ruines des monts asiatiques dans les tableaux de Roerich. Les entrées de cavernes insolites semblaient à peu près régulièrement réparties à perte de vue.

Malgré toutes les horreurs qui nous entouraient, il nous restait assez de ferveur scientifique et d'esprit d'aventure pour nous interroger sur le royaume inconnu qui s'étendait au-delà de ces mystérieuses montagnes. Comme précisé dans nos messages édulcorés, nous allâmes nous reposer à minuit, au terme d'une journée de terreur et de perplexité, mais non sans avoir prévu de tenter, dès le lendemain matin, un ou plusieurs vols en altitude à bord d'un avion allégé pour explorer l'autre côté de la chaîne avec un appareil de photographie aérienne et du matériel de géologie. Il fut décidé que Danforth et moi ferions la première tentative. Nous nous réveillâmes à 7 heures pour un décollage matinal ; néanmoins, des rafales – mentionnées dans le bref bulletin envoyé au monde extérieur – retardèrent notre départ jusqu'à près de 9 heures.

J'ai déjà parlé du récit évasif que nous fîmes en rentrant seize heures plus tard aux hommes restés au camp, et qui fut transmis à l'extérieur. J'ai maintenant le terrible devoir de compléter ce rapport en remplissant les blancs miséricordieux avec des indications sur ce que nous avons vu dans ce monde caché par-delà les montagnes, un aperçu des révélations qui achevèrent de faire basculer Danforth dans la dépression nerveuse. Si seulement il acceptait d'ajouter quelques mots directs sur ce qu'il pense avoir vu – même s'il s'agissait sans doute d'une hallucination due à sa nervosité – et qui fut peut-être la goutte d'eau qui le mena à sa situation actuelle ! Mais il s'y oppose fermement. Je ne puis que répéter les paroles incohérentes qu'il me murmura plus tard sur ce qui lui avait arraché des hurlements alors que l'avion s'élevait pour retraverser le col battu par les vents, à la suite du choc bien réel et tangible que nous avions partagé. Ce sera mon dernier mot. Si les signes évidents de la survivance d'horreurs antédiluviennes que j'aurai divulgués ne suffisent pas à dissuader les autres de toucher au cœur de l'Antarctique – ou à tout le moins de fouiller trop profondément sous la surface de ce suprême désert des secrets interdits où règne une éternelle et inhumaine désolation –, on ne pourra me tenir pour responsable des malheurs innommables et peut-être incommensurables qui s'ensuivront.

En étudiant les notes prises par Pabodie au cours de son vol de l'après-midi précédent et en vérifiant ses données avec un sextant, Danforth et moi calculâmes que le col le plus bas de la chaîne se situait sur notre droite, en vue du camp, et s'élevait à une altitude comprise entre sept mille et sept mille trois cents mètres au-dessus du niveau de la mer. C'est donc vers ce point que nous dirigeâmes d'abord notre avion allégé lorsque nous nous embarquâmes pour ce vol de reconnaissance. Le camp lui-même, perché sur les contreforts en surplomb du haut plateau continental, se trouvait à une hauteur d'environ trois mille cinq cents mètres ; aussi la prise d'altitude ne fut-elle pas aussi grande qu'on peut l'imaginer. Toutefois, au cours de la montée, nous ressentîmes vivement les effets de la raréfaction de l'air et du froid intense, les conditions de visibilité nous obligeant à laisser ouverts les hublots de la cabine. Bien entendu, nous portions nos fourrures les plus chaudes.

En approchant des sommets menaçants qui se dressaient, sombres et sinistres au-dessus de la neige fendue de crevasses et des glaciers interstitiels, nous distinguions de mieux en mieux les formations curieusement régulières agrippées aux pentes ; cela nous rappela une fois encore les étranges tableaux asiatiques de Nicolas Roerich. Les antiques strates rocheuses érodées par le vent confirmaient pleinement tous les communiqués de Lake, et prouvaient que ces pics vénérables dominaient le paysage de cette manière depuis une époque extrêmement reculée de l'histoire terrestre ; peut-être plus de cinquante millions d'années. Il était vain de se demander quelle taille ils avaient atteinte à leur apogée mais, dans cette drôle de région, tout indiquait l'existence d'obscures particularités atmosphériques opposées au changement et prévues pour retarder le processus climatique normal de désintégration des roches.

Mais ce furent les entrelacs à flanc de montagne de cubes réguliers, de remparts et d'ouvertures de cavernes qui nous fascinèrent et nous troublèrent le plus. Je les étudiais aux jumelles et faisais des photographies aériennes pendant que Danforth pilotait ; par moments, je le remplaçais aux commandes – bien que mes connaissances en la matière ne dépassent pas le niveau de l'amateurisme – afin qu'il puisse prendre les jumelles. Nous vîmes sans mal que, pour l'essentiel, les structures étaient composées de quartzite archéen assez clair, à la différence de toutes les formations visibles sur de larges zones du plateau continental, mais aussi que leur extrême et troublante régularité dépassait largement ce que le pauvre Lake avait observé.

Comme il l'avait dit, les arêtes des cubes étaient effritées et émoussées par une éternité d'intense érosion, mais leur dureté et leur résistance surnaturelles les avaient sauvés de l'anéantissement. De nombreuses parties, en particulier les plus proches des pentes, semblaient faites de la même matière que les surfaces rocheuses environnantes. L'ensemble rappelait les ruines de Machu Picchu dans les Andes, ou les murs de fondation primitifs de Kish que l'expédition du musée d'Oxford-Field a mis au jour en 1929 ; qui plus est, Danforth et moi eûmes tous deux l'impression d'apercevoir ici et là des blocs cyclopéens distincts, impression évoquée par Lake et qu'il avait attribuée à Carroll, son compagnon de vol. La présence de telles structures à cet endroit me dépassait totalement, et le géologue en moi se sentit gagné par une singulière humilité. Les formations ignées présentent souvent d'étranges régularités, comme la célèbre chaussée des Géants en Irlande, mais cette prodigieuse chaîne, de par sa structure et malgré les cônes fumants que Lake avait tout d'abord cru apercevoir, n'était pas de nature volcanique.

Les curieuses ouvertures de cavernes à proximité desquelles les non moins curieuses formations semblaient particulièrement nombreuses constituaient aussi une énigme, bien que mineure, de par leurs formes géométriques. Comme l'avait précisé Lake dans son communiqué, elles étaient souvent carrées ou en demi-cercle, comme si quelque main magique avait façonné les orifices naturels pour les rendre plus symétriques. Elles étaient aussi remarquables par leur grand nombre et leur large répartition, qui suggéraient que la région tout entière était percée de tunnels résultant de la dissolution des strates calcaires. Nous ne parvînmes pas à voir très loin à l'intérieur des cavernes, mais suffisamment pour remarquer l'absence apparente de stalactites et de stalagmites. À l'extérieur, les pentes autour des ouvertures paraissaient systématiquement lisses et régulières ; Danforth trouvait même que les légères fissures et piqûres dues à l'érosion avaient tendance à former des motifs insolites. Marqué comme il l'était par les horreurs et les bizarreries découvertes au camp, il insinua que les trous ressemblaient vaguement à ces groupements troublants de points disséminés sur les pierres primitives verdâtres, si hideusement imités sur les tertres de forme démente sous lesquels étaient enterrées les six abominations.

Nous étions progressivement montés en survolant les plus hauts contreforts, puis en longeant la chaîne en direction du col relativement bas que nous avions repéré. Ce faisant, nous jetions parfois des coups d'œil en contrebas au chemin enneigé et glacé que nous aurions emprunté à pied, en nous demandant si l'aventure aurait été possible avec l'équipement plus rudimentaire d'antan. Non sans une certaine surprise, nous vîmes que le terrain était loin d'être aussi accidenté qu'on aurait pu s'y attendre, et qu'en dépit des crevasses et autres difficultés il en aurait fallu davantage pour arrêter les traîneaux d'un Scott, d'un Shakleton ou d'un Amundsen. Certains glaciers permettaient apparemment de gravir le versant d'une manière étonnamment directe jusqu'aux cols mis à nu par le vent. En atteignant la passe que nous avions choisie, nous nous aperçûmes qu'elle ne faisait pas exception.

Difficile de coucher sur le papier le sentiment d'attente teintée d'inquiétude qui montait en nous comme nous

nous préparions à contourner la crête et à découvrir un monde vierge, quand bien même nous n'avions guère de raisons de croire que les régions au-delà de la chaîne étaient fondamentalement différentes de celles que nous avions déjà vues et traversées. Le soupçon de mystère maléfique émanant de cette barrière montagneuse et du ciel, véritable mer opalescente, qui nous faisait signe chaque fois que nous l'apercevions entre deux sommets, était extrêmement subtil et ténu, au point d'être impossible à décrire littéralement avec de simples mots. Cette sensation relevait plutôt d'un vague symbolisme psychologique, ou du rapprochement esthétique ; c'était un mélange de poésie et de peinture exotiques, mais aussi de mythes archaïques tapis dans des livres redoutés et interdits. Jusqu'au refrain du vent qui prenait un accent particulier de malignité consciente ; l'espace d'une seconde, le son composite parut incorporer une note étrangement musicale, tenant du sifflet ou de la flûte, et qui couvrait une large gamme selon que les bourrasques entraient ou sortaient par la bouche des cavernes omniprésentes et sonores. Il y avait dans ce son quelque chose qui évoquait une répulsion trouble, et semblait aussi complexe et déconcertant que les autres impressions obscures dont je parlais précédemment.

Après une lente ascension, nous nous trouvions à présent à une altitude de sept mille cent quatre-vingts mètres selon le baromètre anéroïde ; la région des neiges persistantes était désormais loin en dessous de nous. À notre hauteur, il n'y avait que des pentes sombres, dénudées, et le début de glaciers grossièrement striés ; sans oublier ces cubes, ces remparts et ces cavernes sonores, autant d'éléments provocateurs qui ajoutaient au décor un côté surnaturel, fantastique et onirique. Suivant du regard l'alignement de hauts pics, j'eus l'impression d'apercevoir celui que le pauvre Lake avait mentionné et dont le sommet était surmonté d'un rempart. Il semblait à moitié perdu dans une drôle de brume antarctique ; d'ailleurs, c'était peut-être une brume de ce genre qui avait tout d'abord convaincu Lake du volcanisme de la chaîne. Le col s'ouvrait droit devant nous, lisse et battu par les vents, entre ses pylônes déchiquetés au froncement hostile. Au-delà, on voyait un ciel marbré de vapeurs tourbillonnantes et éclairé par le soleil polaire rasant... le ciel de ce mystérieux royaume du lointain sur lequel, nous le sentions, aucun humain n'avait jamais posé les yeux.

Encore un peu d'altitude, et nous contemplerions ce territoire. Dans l'incapacité de parler sinon en criant, à cause des hurlements flûtés que produisait le vent en se ruant dans le col et qui s'ajoutaient au grondement des moteurs, Danforth et moi échangeâmes des regards éloquents. Quand enfin nous gagnâmes les quelques pieds qui nous manquaient, nous pûmes contempler, par-delà la formidable barrière, les secrets inviolés d'une terre antique et totalement étrangère.

V

Je crois que nous criâmes à l'unisson sous les effets conjugués de la stupeur, de l'émerveillement, de la terreur et de l'incrédulité envers nos propres sens lorsque, sortant finalement de la passe, nous vîmes ce qui se cachait derrière. Bien entendu, sur le moment, nous imaginâmes probablement quelque théorie naturelle nous permettant de ne pas perdre notre sang-froid. Nous fîmes sans doute des rapprochements avec les pierres grotesquement érodées du Jardin des dieux, dans le Colorado, ou l'incroyable symétrie des rochers sculptés par le vent du désert d'Arizona. Peut-être même envisageâmes-nous plus ou moins inconsciemment qu'il pût s'agir d'un mirage comme celui du matin de la veille, alors que nous approchions pour la première fois de ces folles montagnes. Oui, nous nous rabattîmes sans doute sur ce genre de notions rassurantes lorsque nos yeux balayèrent ce plateau infini, ravagé par les tempêtes, et que nous embrassâmes du regard ce labyrinthe presque sans limites de masses de pierres colossales, régulières et à la géométrie eurythmique, masses qui dressaient leurs crêtes effritées et piquetées au-dessus d'une nappe de glace tout au plus épaisse de douze à quinze mètres mais manifestement plus fine par endroits.

L'effet de ce monstrueux spectacle était indescriptible, car nous perçûmes aussitôt quelque démoniaque violation des lois naturelles connues. Là, sur ce plateau épouvantablement ancien perché à six mille mètres d'altitude au moins, sous un climat radicalement inhabitable depuis un âge préhumain remontant au bas mot à cinq cent mille ans, s'étendait, à perte de vue ou presque, un dédale ordonné de pierre auquel seul un esprit désespéré cherchant à se défendre aurait osé attribuer une cause autre que consciente et artificielle. Par sérieux intellectuel nous avions auparavant écarté toute théorie suivant laquelle les cubes et remparts des flancs montagneux n'avaient pas une origine naturelle. Comment aurait-il pu en être autrement sachant que l'homme ne devait pas être bien différent des grands singes à l'époque où cette région succomba au règne, ininterrompu jusqu'à présent, de la mort glaciale ?

Cependant, l'empire de la raison, désormais, semblait indéniablement ébranlé, car les caractéristiques de ce labyrinthe cyclopéen de blocs carrés, courbes et obliques interdisaient de se réfugier derrière une explication confortable. Nous avions très clairement devant nous la cité impie du mirage dans toute sa réalité nue, objective, inéluctable. Ce maudit présage avait donc eu une base matérielle ; une couche horizontale de poussière de glace en suspension dans l'atmosphère avait tout simplement projeté, conformément aux lois élémentaires de la physique, le reflet de cette révoltante survivance de pierre. Bien entendu, l'apparition était une version déformée et amplifiée de l'original, et contenait des éléments qui n'étaient pas dans ce dernier ; pourtant, en voyant la source réelle, nous la trouvâmes encore plus horrible et menaçante que son image lointaine.

Seule la démesure incroyable, inhumaine, de ces gigantesques tours et remparts de pierre avait sauvé ce lieu effroyable de l'anéantissement au long des centaines de milliers, voire des millions d'années qu'il avait passées à ruminer au milieu des rafales balayant ce plateau désolé. « *Corona Mundi*... Toit du Monde... » Toutes sortes de formules fantastiques nous vinrent aux lèvres tandis que nous contemplions, depuis notre point d'observation vertigineux, l'incroyable spectacle. Je repensai aux mystérieux mythes primitifs qui me hantaient avec tant d'insistance depuis la première fois que j'avais vu ce monde antarctique mort : le plateau démoniaque de Leng, les Mi-Go ou abominables hommes des neiges de l'Himalaya, les *Manuscrits Pnakotiques* qui suggéraient l'existence de civilisations préhumaines, le culte de Cthulhu, le *Necronomicon* et les légendes hyperboréennes sur l'informe Tsathoggua et le pire qu'informe rejeton stellaire associé à cette semi-entité.

La chose s'étendait dans toutes les directions sur d'innombrables kilomètres sans jamais vraiment perdre en densité ; et en réalité, en promenant le regard vers la gauche et la droite le long des premiers contreforts étagés qui séparaient la cité du début véritable de la montagne, nous conclûmes qu'il n'y avait pas la moindre perte visible de densité, hormis une interruption à gauche du col par lequel nous étions arrivés. Nous étions tombés par hasard sur une partie limitée d'un ensemble aux dimensions incalculables. Sur les contreforts, les insolites constructions étaient plus clairsemées, mais faisaient le lien entre la terrible cité et les cubes et remparts qui nous étaient déjà familiers et formaient, de toute évidence, ses avant-postes sur les montagnes. Ces derniers, de même que les entrées de cavernes, étaient aussi nombreux de ce côté de la chaîne que de l'autre.

L'indicible labyrinthe de pierre était pour l'essentiel fait de murs de trois à quarante-cinq mètres de hauteur hors glace et d'une épaisseur variable, comprise entre un mètre cinquante et trois mètres. Il était surtout composé de prodigieux blocs d'ardoise primitive sombre, de schiste et de grès, blocs atteignant une taille d'un mètre vingt par un mètre quatre-vingts sur deux mètres quarante, mais semblait en certains endroits taillé à même un soubassement massif et irrégulier d'ardoise précambrienne. Les bâtiments étaient de tailles très inégales ; il y avait d'innombrables structures en nid-d'abeilles aux dimensions énormes, mais aussi de plus petites constructions séparées. Leur forme générale était plutôt conique, pyramidale ou en terrasses, même s'il y avait aussi un grand nombre de cylindres parfaits, de cubes isolés ou agrégés non moins parfaits et de formes rectangulaires variées, ainsi que des édifices obliques curieusement disséminés, dont le plan au sol, en forme d'étoile à cinq branches, rappelait vaguement les fortifications modernes. Les constructeurs avaient fait un usage constant et habile du principe de l'arc, ce qui suggérait que la cité, à son apogée, avait dû être constellée de dômes.

Tous ces bâtiments enchevêtrés étaient terriblement érodés, et la surface de glace sur laquelle se dressaient les tours était jonchée de blocs et autres débris tombés depuis une éternité. Aux endroits où la couche de glace était transparente, on apercevait les parties basses des gigantesques piles, et nous remarquâmes même, préservés sous la glace, les ponts de pierre reliant les tours à des altitudes variées. Sur les murs à l'air libre, nous repérâmes des cicatrices indiquant que des ponts semblables avaient existé aux niveaux supérieurs. En y regardant de plus près, nous vîmes d'innombrables fenêtres de bonne taille, dont certaines étaient fermées par des volets faits de bois désormais pétrifié, même si la plupart béaient de façon sinistre et menaçante. Nombre de ruines, bien sûr, n'avaient pas de toit, et leurs arêtes supérieures étaient irrégulières bien qu'émoussées par le vent, tandis que d'autres, d'un type conique ou pyramidal plus effilé, ou encore protégées par les structures environnantes plus hautes, conservaient une silhouette intacte malgré l'effritement et les trous omniprésents. Malgré nos jumelles, nous avions du mal à distinguer ce qui ressemblait à des bandes horizontales de décorations sculptées, décorations comprenant les mêmes groupes de points curieux dont la présence sur les fragments de stéatite prenait désormais un sens infiniment plus vaste.

En de nombreux endroits, les édifices étaient totalement en ruine, et la nappe de glace, profondément fendue par divers phénomènes géologiques. Ailleurs, la maçonnerie était rongée jusqu'au ras de la glace. Une large bande s'étendant de l'intérieur du plateau jusqu'à une fissure dans les contreforts, environ un kilomètre et demi à gauche du col que nous avions franchi, était entièrement libre de toute construction. Nous en conclûmes qu'il devait s'agir du cours de quelque grande rivière qui, aux temps tertiaires, soit à des millions d'années de nous, avait traversé la cité pour se déverser dans un prodigieux abîme sous la grande chaîne. À n'en point douter, c'était avant tout une région de cavernes, de gouffres et de souterrains secrets et inaccessibles à l'homme.

En repensant à nos sensations et à notre hébétude à la vue de cette monstrueuse survivance d'un temps que nous avions cru antérieur à l'homme, je ne puis que m'étonner que nous ayons réussi à garder un semblant d'équilibre mental. Bien entendu, nous savions que quelque chose – la chronologie, la théorie scientifique ou notre propre conscience – allait sérieusement de travers ; et cependant, nous gardâmes assez de sang-froid pour piloter l'avion, observer bien des menus détails et prendre une série de photographies soignées qui pourraient être fort utiles non seulement à nous, mais aussi au monde. En ce qui me concerne, je fus peut-être aidé par les habitudes scientifiques tenaces ; car malgré toute ma perplexité et le sentiment de menace qui m'avait envahi, je sentais brûler en moi une curiosité plus forte encore me poussant à sonder plus avant ce secret du fond des âges, à découvrir quel genre d'êtres avaient bâti et habité ces lieux d'un gigantisme sans bornes, et quelles relations avait pu entretenir avec le monde de son temps ou d'autres temps une concentration de vie si incroyable.

Car il ne pouvait s'agir d'une ville ordinaire. Elle avait dû constituer le noyau principal et central de quelque chapitre archaïque et incroyable de l'histoire de la planète, chapitre dont les ramifications, qui ne furent que vaguement évoquées dans les mythes les plus obscurs et déformés, avaient totalement disparu dans le chaos des convulsions terrestres bien avant que les premiers ancêtres connus de l'espèce humaine s'extraient du règne simiesque en traînant les pieds. Devant nous s'étendait une mégalopole paléogène à côté de laquelle les fabuleuses Atlantide et Lémurie, Commoriom et Uzuldaroum, et Olothoë dans le pays de Lomar, ne datent même pas d'hier mais d'aujourd'hui ; une mégalopole à la hauteur de ces blasphèmes préhumains dont on murmure les noms, telles la Valusia, R'lyeh, Ib dans le pays de Mnar, et la Cité sans Nom de l'Arabie déserte. Tandis que nous survolions cet enchevêtrement désolé de tours titanesques, mon imagination échappait parfois à toute limite pour vagabonder sans but au royaume des rapprochements fantastiques, et allait jusqu'à tisser des liens entre ce monde perdu et certains de mes rêves les plus fous concernant l'horreur insensée du camp.

Afin d'alléger l'avion, on n'avait pas rempli le réservoir d'essence ; aussi devions-nous rester prudents dans nos explorations. Mais malgré cela, nous couvrîmes une étendue considérable de terrain – ou plutôt d'air – après être descendus à une altitude où le vent devenait pour ainsi dire négligeable. La chaîne semblait ne jamais devoir s'arrêter, tout comme l'effroyable cité de pierre bordant les contreforts de ce côté. En quatre-vingts kilomètres de vol dans chaque direction, nous ne décelâmes aucun changement majeur dans le labyrinthe de roche et de maçonnerie dont les griffes de cadavre dépassaient de la glace éternelle. Toutefois, il y avait des variations d'un extrême intérêt ; telles les sculptures dans le canyon jadis creusé par cette rivière dans les contreforts, non loin de l'endroit où elle s'abîmait au cœur de la grande chaîne. On avait hardiment sculpté des colonnes cyclopéennes dans les promontoires entourant l'entrée du cours d'eau, et quelque chose, dans leur forme de tonneau et leurs cannelures, éveilla chez Danforth et moi de vagues souvenirs, aussi détestables que déroutants.

Nous tombâmes aussi sur plusieurs espaces ouverts en forme d'étoile, à l'évidence des places publiques, et remarquâmes diverses ondulations dans le terrain. Quand se dressait une colline abrupte, elle était généralement évidée, ce qui donnait un édifice rocheux de forme irrégulière. Cependant, nous vîmes au moins deux exceptions ; la première était trop érodée pour révéler ce qui s'était trouvé au sommet de l'éminence, mais la seconde était toujours surmontée d'un fantastique monument conique taillé à même la roche dure et rappelant un peu des monuments comme le Tombeau du Serpent, dans l'antique vallée de Pétra.

En nous éloignant des montagnes, nous découvrîmes que la cité n'était pas infinie en largeur, même si elle longeait les contreforts à perte de vue. Au bout d'environ cinquante kilomètres, les insolites bâtiments de pierre commençaient à se disperser et, quinze kilomètres plus loin, nous atteignîmes un désert ininterrompu sans traces appréciables d'activité intelligente. Au-delà de la ville, le cours de la rivière semblait marqué par un large tracé creusé, en même temps que le sol devenait un peu plus accidenté et semblait monter légèrement en allant se perdre dans l'atmosphère voilée de l'ouest.

Nous n'avions pas encore atterri, mais il eût été inconcevable de quitter ce plateau sans avoir tenté d'entrer dans certaines de ces monstrueuses structures. Aussi, nous décidâmes de chercher sur les contreforts, non loin du col praticable, un endroit plat pour nous poser et nous préparer à une exploration à pied. Les pentes en gradins étaient en partie couvertes de ruines éparses mais, en volant bas, nous trouvâmes bon nombre de zones d'atterrissage possibles. Comme le vol suivant nous verrait retraverser la chaîne pour rentrer au camp, nous choisîmes la plus proche du col ; vers 12 h 30, nous parvînmes à nous poser sur un champ de neige plat et dur, totalement dénué d'obstacles et propice à un décollage ultérieur rapide et facile.

Il ne nous sembla pas nécessaire de bâtir un remblai de neige pour protéger l'avion, car nous ne resterions pas longtemps et, à cette hauteur, nous étions confortablement à l'abri des grands vents ; aussi veillâmes-nous simplement à ce que les patins d'atterrissage soient bien rangés, et que les parties vitales de la machine soient préservées du froid. Pour notre excursion à pied, nous nous débarrassâmes de nos plus grosses fourrures et emportâmes un équipement léger composé d'une boussole de poche, d'un appareil photo, de légères provisions, de gros carnets de notes, de papier, d'un marteau et d'un ciseau de géologue, de sacs à échantillons, d'un rouleau de corde pour l'escalade et de puissantes lampes électriques avec des piles de rechange. Nous avions apporté tout ce matériel au cas où nous pourrions nous poser, prendre des clichés au sol, faire des dessins et des croquis topographiques, ou prélever des spécimens de roche sur une pente dénudée, un affleurement, ou dans une des cavernes de la chaîne. Fort heureusement, nous disposions aussi d'une réserve de papier à déchirer ; les morceaux, rangés dans un sac, serviraient suivant le vieux principe du jeu de piste à jalonner notre parcours dans tout labyrinthe où nous parviendrions à pénétrer. Nous avions prévu ce système simple et rapide afin d'explorer d'éventuelles cavernes où l'air serait assez calme pour permettre sa mise en œuvre, en lieu et place de l'habituel procédé des pionniers consistant à tailler des marques dans la roche.

Descendant prudemment la pente de neige gelée en direction du prodigieux dédale qui se dressait dans l'ouest opalescent, nous éprouvions un sentiment presque aussi aigu d'émerveillement imminent que quatre heures plus tôt, à l'approche du col inexploré. Certes, nous nous étions habitués à la vue de cet incroyable secret caché derrière la barrière montagneuse ; mais la perspective d'entrer pour de vrai dans ces édifices primitifs, peut-être érigés des millions d'années plus tôt par des êtres conscients – soit avant l'existence d'aucune race humaine connue –, avait à la fois quelque chose d'effarant et de potentiellement terrible, ces structures ne pouvant être que des anomalies cosmiques. La rareté de l'air à cette prodigieuse altitude rendait toute activité physique un peu plus ardue qu'à l'habitude, mais Danforth et moi étions en forme, et nous sentions prêts à presque tout affronter. Il ne nous fallait que quelques pas pour atteindre une ruine informe et rasée jusqu'au niveau de la neige, alors que cinquante ou soixante-quinze mètres plus loin se dressait un énorme rempart sans toit mais dont la gigantesque silhouette en forme d'étoile à cinq branches et d'une hauteur variant entre deux mètres quarante et trois mètres ou trois mètres cinquante était encore intacte. Nous nous dirigeâmes vers ce rempart ; et lorsque nous fûmes enfin à portée de main de ses blocs cyclopéens érodés, nous sentîmes que nous avions établi un lien sans précédent et presque blasphématoire avec des temps oubliés et normalement inaccessibles à notre espèce.

Ce rempart en forme d'étoile et mesurant peut-être quatre-vingt-dix mètres d'une extrémité à l'autre était bâti avec des blocs irréguliers de grès jurassique d'une surface moyenne d'un mètre quatre-vingts sur deux mètres quarante. Des ouvertures ou des fenêtres voûtées d'environ un mètre vingt de large sur un mètre cinquante de haut s'espaçaient très symétriquement le long des branches de l'étoile et à ses angles intérieurs, à peu près à un mètre vingt de la couche de glace. En regardant à l'intérieur, nous vîmes que le mur avait au moins un mètre cinquante d'épaisseur, qu'il ne subsistait aucune cloison, mais qu'il restait des traces de frises ou de bas-reliefs sur la face intérieure des parois ; autant de faits que nous avions déjà soupçonnés, en volant en rase-mottes au-dessus de ce rempart et d'autres semblables. Des parties inférieures avaient dû exister à l'origine, mais elles n'étaient désormais plus du tout visibles du fait de la profonde couche de glace et de neige.

Nous nous glissâmes par une des fenêtres et essayâmes en vain de déchiffrer les frises presque effacées, mais nous ne prîmes pas le risque de nous attaquer au sol glacé. Nos vols de reconnaissance nous avaient montré que nombre d'édifices dans la ville même étaient moins engorgés de glace, et qu'en entrant dans des bâtiments ayant conservé leur toit nous pourrions peut-être en trouver dont l'intérieur serait totalement libre jusqu'au sol véritable. Avant de sortir de l'édifice, nous prîmes soin de le photographier, mais aussi d'étudier sa maçonnerie cyclopéenne sans mortier, ce qui ne laissa pas de susciter notre plus totale perplexité. Nous regrettions que Pabodie ne nous ait pas accompagnés, car ses connaissances en ingénierie nous auraient bien aidés à comprendre comment on avait pu manipuler des blocs si titanesques aux temps incroyablement reculés où la ville et ses faubourgs avaient été bâtis.

Des huit cents mètres de descente vers la ville à proprement parler, avec ce vent sauvage mais impuissant qui hurlait en altitude en passant entre les pics abrupts, au loin, je me souviens dans les moindres détails, et ce souvenir restera à jamais gravé dans ma mémoire. Aucun autre humain que nous ne pourrait concevoir pareil spectacle hormis dans ses cauchemars les plus fantastiques. Entre les vapeurs bouillonnantes de l'ouest et nous s'étendait ce monstrueux dédale de tours sombres, avec ses silhouettes incroyablement outrancières qui ne cessaient de nous impressionner où que nous regardions. Nous nous trouvions au cœur d'un mirage de pierre et, sans les photographies, j'aurais toujours du mal à croire à la réalité d'un tel endroit. La maçonnerie était d'un type général identique à celui du rempart que nous avions examiné, mais les mots ne sauraient décrire les formes extravagantes qu'elle prenait à l'intérieur de la ville.

Les clichés eux-mêmes n'illustrent qu'un ou deux aspects de son infinie variété, de sa taille surnaturelle et de son exotisme radicalement étranger. Il y avait là des formes géométriques qu'Euclide lui-même aurait eu du mal à nommer : des cônes très diversement irréguliers et tronqués, des terrasses dotées de toutes sortes de disproportions provocatrices, des cheminées aux singuliers renflements bulbeux, d'étranges groupements de colonnes brisées, et des structures à cinq pointes ou cinq arêtes d'un grotesque parfaitement délirant. En approchant, nous distinguâmes, à travers certaines zones transparentes de la couche de glace, quelques-uns des ponts de pierre tubulaires reliant, à diverses hauteurs, les édifices bizarrement éparpillés. Il ne semblait pas y avoir de rues ordonnées, la seule voie large, un kilomètre et demi à gauche, étant celle par laquelle avait coulé la rivière qui, à l'origine, traversait probablement la ville pour aller se jeter sous les montagnes.

Grâce à nos jumelles, nous vîmes qu'en extérieur les frises horizontales aux sculptures et groupes de points presque effacés étaient très répandues, et l'on pouvait deviner en partie l'apparence qu'avait pu avoir la cité, même si la plupart des faîtes de tours avaient logiquement disparu. Dans l'ensemble, la ville avait dû être un enchevêtrement complexe de voies et de ruelles, sortes de profonds canyons, parfois à peine différents d'un tunnel à cause des encorbellements et des ponts qui les enjambaient. Et voilà que, déployée sous nos pieds, elle surgissait comme un fantasme onirique au cœur de la brume de l'ouest, à l'extrémité nord de laquelle le soleil rasant et rougeâtre de cet après-midi d'Antarctique s'efforçait de percer ; et lorsque, l'espace d'un instant, l'astre se heurta à un obstacle plus dense et plongea la scène dans une pénombre temporaire, cela eut un effet subtilement menaçant que je n'oserais essayer de décrire. Même la lointaine plainte flûtée de ce vent que nous ne sentions pas – car il soufflait dans les cols de la grande chaîne, derrière nous – prit une note plus farouche évoquant une malignité consciente. La dernière partie de notre descente vers la ville était inhabituellement raide, et un rocher affleurant là où la pente s'accentuait nous fit penser qu'il y avait jadis eu à cet endroit une terrasse artificielle. Sous la glace, nous semblait-il, il devait y avoir une volée de marches, ou l'équivalent.

Lorsque enfin nous nous enfonçâmes dans la ville labyrinthique même, escaladant les débris de murs, recroquevillés sous l'oppressante proximité, l'omniprésence et l'écrasante hauteur des murs effrités et piquetés, nous fûmes à nouveau assaillis de sensations telles que je m'étonne du sang-froid que nous parvînmes à garder. Danforth, franchement nerveux, se lança dans des spéculations déplaisamment hors de propos sur l'horreur du camp ; elles m'insupportèrent d'autant plus que je ne pouvais m'empêcher de partager certaines conclusions que nous imposait, à bien des égards, cette morbide survivance d'une cauchemardesque antiquité. Ces hypothèses influaient aussi sur son imagination ; car à un endroit – où une ruelle jonchée de décombres prenait un virage serré – il affirmait avoir vu sur le sol de légères empreintes qui lui avaient déplu. Ailleurs, il s'arrêta pour écouter un petit bruit imaginaire venu d'on ne savait où, un son flûté et musical qui, paraît-il, lui parvenait étouffé, et lui rappelait celui du vent dans les cavernes de la chaîne, mais avec des différences troublantes. Impossible d'échapper au pouvoir évocateur quelque peu sinistre de l'architecture environnante et des quelques arabesques murales encore lisibles, tout cela étant invariablement en forme d'étoile à cinq branches ; de manière subconsciente, nous avions la terrible certitude de savoir quelles entités primitives avaient bâti et habité cette cité profane.

Néanmoins, comme notre curiosité scientifique et notre esprit d'aventure n'étaient pas tout à fait morts, nous poursuivions machinalement notre programme de collecte d'échantillons de tous les types de roches présents dans la maçonnerie. Nous souhaitions réunir un ensemble assez complet pour affiner nos conclusions sur l'âge de ce lieu. Rien dans les grandes murailles extérieures ne semblait postérieur au jurassique ou au comanchéen, et pas une pierre dans toute cette ville n'était beaucoup plus récente que le pliocène. C'était absolument certain, nous errions dans une cité où la mort régnait depuis cinq cent mille ans au moins, et même davantage selon toute probabilité.

Au cours de notre exploration de ce labyrinthe où à la pénombre crépusculaire s'ajoutait l'ombre des édifices, nous nous arrêtions à toutes les ouvertures afin d'étudier l'intérieur des bâtiments et de voir s'il était possible d'entrer. Certaines étaient trop hautes pour nous, tandis que d'autres n'ouvraient que sur des ruines engorgées de glace, aussi nues et dépourvues de toit que le rempart sur la colline. Une fenêtre qui nous sembla grande et tentante donnait sur un abîme sans fond apparent, ni le moindre moyen visible pour descendre. Ici et là, nous eûmes l'occasion d'examiner le bois pétrifié d'un volet qui avait survécu ; nous fûmes impressionnés par la fabuleuse antiquité qu'évoquaient les textures encore perceptibles. Ces bois provenaient de gymnospermes et de conifères du mésozoïque – en particulier de cycadales du crétacé – mais aussi de palmiers et d'angiospermes primitifs remontant de toute évidence au tertiaire. Nous ne découvrîmes rien de bien plus récent que le pliocène. Quant à la disposition des volets, dont les bords révélaient l'ancienne présence de drôles de charnières depuis longtemps disparues, l'usage semblait variable ; ils étaient parfois du côté intérieur des profondes ouvertures, et parfois à l'extérieur. Ils paraissaient être restés coincés en position fermée, ce qui leur avait permis de ne pas tomber quand leurs gonds et fixations probablement métalliques avaient rouillé.

Au bout d'un moment, nous nous trouvâmes devant une rangée de fenêtres – dans les renflements d'un colossal cône à cinq arêtes et au sommet intact – donnant sur une vaste salle bien conservée au dallage de pierre ; cependant, elles étaient placées trop haut dans la pièce pour nous permettre d'atteindre le sol sans corde. Certes nous en avions une, mais nous ne voulions pas prendre la peine de descendre ces sept mètres à moins d'y être forcés, surtout avec l'atmosphère raréfiée du plateau qui mettait le cœur à rude épreuve. Cette immense salle devait être une sorte de hall. Nos torches électriques révélèrent des sculptures audacieuses, originales et potentiellement saisissantes, disposées autour des murs en larges frises horizontales séparées par des bandes d'arabesques stylisées tout aussi larges. Nous notâmes soigneusement la localisation de cet endroit, prévoyant d'y entrer si nous ne trouvions rien de plus accessible.

Et en fin de compte, nous trouvâmes exactement ce que nous cherchions ; un passage voûté d'un mètre quatre-vingts de large sur trois mètres de haut marquant l'ancienne extrémité d'un pont aérien enjambant une ruelle, à environ un mètre cinquante au-dessus du niveau actuel de la glace. Les voûtes, bien entendu, arrivaient à hauteur des planchers de l'étage supérieur et, en l'occurrence, l'un de ces planchers existait encore. Le bâtiment ainsi accessible, sur notre gauche en faisant face à l'ouest, était composé d'une série de terrasses rectangulaires. Celui de l'autre côté de la ruelle, où béait la voûte opposée, était un cylindre décrépit sans fenêtres et doté d'un étrange renflement à environ trois mètres au-dessus de l'ouverture. Il faisait noir à l'intérieur, et la voûte semblait donner sur un vide sans bornes.

Les décombres entassés rendaient deux fois plus facile l'accès au grand édifice de gauche ; et pourtant, nous hésitâmes quelques instants avant de saisir cette chance tant attendue. Car même après avoir pénétré dans ce mystérieux labyrinthe archaïque, il nous fallut trouver la force d'entrer dans cet édifice intact, survivant d'un temps formidablement ancien dont la nature nous apparaissait de plus en plus hideusement évidente. Toutefois, nous finîmes par nous lancer. Nous escaladâmes les décombres et franchîmes l'ouverture béante. Au-delà, le sol était fait de grandes dalles en ardoise ; dans la pièce débouchait ce qui paraissait être un long couloir haut de plafond et aux murs sculptés.

Voyant les nombreux passages qui partaient de cette salle, nous comprîmes que la structure abritait sans doute un dédale de logements, et décidâmes qu'il était temps de mettre en œuvre notre système inspiré des jeux de piste. Jusque-là, nos boussoles – ainsi que de fréquents coups d'œil en arrière, vers la vaste chaîne visible entre les tours – avaient suffi pour éviter de nous perdre ; mais à présent, ce substitut artificiel allait s'avérer nécessaire. Nous réduisîmes donc notre réserve de papier en morceaux de la taille qui convenait, puis rangeâmes ces derniers dans un sac, que Danforth se chargea de porter. Nous les utiliserions aussi parcimonieusement que possible sans nous mettre en danger. Cette méthode nous épargnerait sans doute de nous perdre, puisqu'il ne semblait pas y avoir de forts courants d'air à l'intérieur de l'antique édifice. Si le vent devait se lever ou si notre réserve venait à s'épuiser, nous pourrions toujours nous rabattre sur l'autre méthode, plus sûre mais aussi plus longue et fatigante, consistant à faire des marques dans la pierre.

Sans explorer, impossible de deviner l'étendue du territoire auquel nous venions d'accéder. Étant donné la proximité et le grand nombre de communications entre les différents bâtiments, mais aussi le peu de glace qui semblait être entré dans ces gigantesques constructions, il était probable que nous passions de l'une à l'autre en empruntant le genre de ponts aperçus sous la couche gelée, sauf si le chemin se révélait obstrué par un effondrement local ou coupé par une crevasse géologique. Presque toutes les zones où la surface était transparente avaient montré que les volets des fenêtres submergées étaient restés bien fermés, comme si la ville entière avait été abandonnée dans cet état jusqu'à ce que la couverture de glace cristallise ses parties basses pour l'éternité. En réalité, nous avions la curieuse impression que cet endroit avait été délibérément claquemuré et abandonné dans un passé aussi obscur que lointain, plutôt qu'englouti par quelque cataclysme soudain ou même gagné par une dégradation progressive. Avait-on prévu la glaciation ? Cette civilisation inconnue était-elle partie en masse à la recherche d'un lieu moins menacé ? Les conditions physiographiques précises de la formation de la nappe de glace allaient devoir attendre pour être élucidées. De toute évidence, il ne s'était pas produit de poussée dévastatrice. Peut-être la pression des neiges accumulées était-elle responsable ; ou peut-être une crue de la rivière ou la rupture d'un antique barrage de glace dans la grande chaîne avaient-elles contribué à provoquer la situation que nous observions à présent. On pouvait presque tout imaginer au sujet de cette cité.

VI

Inutile de s'encombrer d'un compte-rendu détaillé des allées et venues qui suivirent dans ce labyrinthe caverneux et primitif où la mort régnait depuis des millénaires, ce monstrueux repaire d'antiques secrets dans lequel résonnait, pour la première fois depuis une éternité, le bruit de pas humains ; d'autant plus que c'est tout simplement l'étude des gravures murales omniprésentes qui nous fit connaître l'horrible tragédie et nous apporta la révélation finale. Les photographies au flash que nous avons prises de ces sculptures prouveront plus efficacement la véracité de ce que nous divulguons à présent, et il est fort regrettable que nous n'ayons pas emporté plus de pellicules. En l'occurrence, une fois arrivés au bout de nos réserves, nous griffonnâmes des croquis rudimentaires des particularités frappantes.

L'édifice dans lequel nous étions entrés était aussi grand qu'élaboré, et nous donna un aperçu impressionnant de l'architecture de ce passé géologique inconnu. Les cloisons étaient moins épaisses que les murs extérieurs mais, dans les étages inférieurs, elles étaient exceptionnellement bien conservées. L'ensemble se caractérisait par une complexité labyrinthique, avec notamment de singulières différences de niveau dans les sols ; nous nous serions certainement perdus dès le début si nous n'avions laissé une piste de morceaux de papier derrière nous. Ayant décidé de commencer l'exploration par les niveaux supérieurs, plus décrépits, nous montâmes d'une trentaine de mètres dans le dédale, jusqu'à déboucher sur le dernier étage dont les pièces, ouvertes sous le ciel polaire, étaient enneigées et en ruine. L'ascension se fit par les rampes de pierre abruptes à stries transversales ou les plans inclinés qui partout servaient d'escaliers. Nous rencontrâmes des salles de toutes les formes et proportions imaginables, de l'étoile à cinq branches au triangle en passant par le cube parfait. On peut affirmer sans trop se tromper qu'en moyenne, elles mesuraient quatre-vingts mètres carrés au sol pour une hauteur sous plafond de six mètres, mais beaucoup étaient plus grandes. Après une exploration consciencieuse des niveaux supérieurs et de celui où arrivait la glace, nous descendîmes étage par étage dans la partie submergée où nous eûmes vite la confirmation que nous nous trouvions au cœur d'un labyrinthe ininterrompu de salles reliées entre elles et de passages menant sans doute à une infinité d'endroits en dehors de ce bâtiment. La taille massive, cyclopéenne, de tout ce qui nous entourait devenait étrangement oppressante ; de plus, il y avait quelque chose de vaguement mais profondément inhumain dans les silhouettes, dimensions, proportions, décorations et subtilités architecturales de cette maçonnerie d'un archaïsme impie. Les gravures ne tardèrent pas à nous révéler que cette cité monstrueuse était vieille de millions et de millions d'années.

Nous ne sommes pas encore en mesure d'expliquer les principes techniques à l'œuvre dans l'équilibrage et l'ajustement insolites de ces énormes masses rocheuses, mais il ne fait aucun doute que les bâtisseurs ont fait un usage abondant de l'arc. Il n'y avait pas le moindre mobilier dans les pièces que nous visitâmes, ce qui nous conforta dans l'idée que la ville avait été délibérément abandonnée. La principale caractéristique décorative résidait dans l'usage quasi universel de la sculpture murale, qui courait en frises horizontales continues d'une largeur de quatre-vingt-dix centimètres, alternant du sol au plafond avec des bandes de même largeur consacrées aux arabesques géométriques. Cette règle de répartition admettait des exceptions mais était d'une prépondérance écrasante. En revanche, des cartouches lisses comportant des points bizarrement groupés se glissaient souvent le long d'une des frises d'arabesques.

La technique, comme nous le constatâmes bien vite, était mûre, accomplie, et son esthétique raffinée évoquait le plus haut degré de civilisation, même si elle était étrangère jusque dans les moindres détails à toutes les traditions artistiques connues du genre humain. Jamais je n'ai vu sculpture à l'exécution aussi fine. Les plus infimes détails dans la représentation de la végétation élaborée ou de la vie animale étaient rendus avec un réalisme saisissant malgré l'échelle audacieuse ; les motifs stylisés, quant à eux, étaient des merveilles de complexité et de maîtrise. Les arabesques démontraient une profonde connaissance des principes mathématiques, et étaient composées de courbes obscurément symétriques et d'angles construits sur le chiffre cinq. Les frises suivaient une tradition extrêmement standardisée, avec un traitement singulier de la perspective, mais leur force artistique nous émut profondément, et ce en dépit de l'éternité qui nous séparait de leur conception. Leur construction reposait sur une étonnante juxtaposition de la coupe transversale et de la silhouette en deux dimensions du sujet, et témoignaient d'une analyse psychologique dépassant tout ce dont les peuples antiques connus étaient capables. Il serait vain d'essayer de comparer cet art avec aucun de ceux représentés dans nos musées. Ceux qui verront les photographies penseront sans doute pouvoir le rapprocher de certaines visions des futuristes les plus audacieux.

Les entrelacs d'arabesques étaient uniquement en lignes creuses dont la profondeur, sur les murs non érodés, variait entre deux et cinq centimètres. Quant aux cartouches à points groupés – à l'évidence des inscriptions dans quelque langue et quelque alphabet primitifs et inconnus –, leur surface lisse faisait une dépression d'environ trois centimètres, les points étant plus profonds d'à peu près un centimètre. Les frises étaient en bas-relief, l'arrière-plan enfoncé d'environ cinq centimètres par rapport à la surface d'origine du mur. Dans certains cas, on discernait les traces d'une ancienne coloration mais, dans l'ensemble, le passage de l'éternité avait dégradé et fait disparaître tous les pigments que l'on avait pu appliquer. Plus on étudiait cette merveilleuse technique, plus on était gagné par l'admiration. Sous des dehors de strict respect des conventions, on percevait le sens aigu de l'observation et la minutie du métier des artistes ; et en l'occurrence, lesdites conventions symbolisaient et soulignaient l'essence véritable ou les particularités vitales de tous les sujets représentés. Nous sentions aussi, parallèlement à ces qualités identifiables, qu'il y en avait d'autres, cachées, qui échappaient à nos perceptions. Certaines touches, ici et là, évoquaient vaguement des symboles et *stimuli* latents qui, dans un autre contexte mental et émotionnel et avec un équipement sensoriel différent ou plus complet, auraient pu avoir pour nous une signification profonde et poignante.

Le thème des sculptures, à l'évidence, avait trait à la vie de cette époque oubliée, une grande proportion étant consacrée à son histoire. C'est d'ailleurs le penchant historique anormal de cette race primitive – un hasard miraculeux jouant en notre faveur – qui rendit les frises si instructives pour nous, et nous incita à faire passer les photographies et transcriptions de ces sculptures avant toute autre considération. Dans certaines pièces, la disposition généralement observée était modifiée par la présence de cartes géographiques et astronomiques, et autres dessins scientifiques de grande taille ; autant de réalisations qui apportaient une naïve et terrible confirmation de ce que nous avions appris en étudiant les frises et cimaises. En évoquant ce que tout cela révélait, j'espère ne pas susciter plus de curiosité que de saine prudence chez ceux qui me croiront. Il serait tragique

que quelqu'un soit attiré dans ce royaume de la mort et de l'horreur par l'avertissement même censé l'en détourner.

De hautes fenêtres et d'énormes passages de trois mètres cinquante coupaient les murs sculptés ; les uns comme les autres avaient parfois conservé les panneaux de bois pétrifié, vestiges minutieusement gravés et polis d'anciens volets et portes. Si toutes les fixations métalliques avaient depuis longtemps disparu, certaines portes étaient restées dans leur chambranle, nous obligeant à les pousser de côté pour passer d'une pièce à l'autre. Il restait ici et là des cadres de fenêtre avec de drôles de carreaux transparents, pour la plupart en forme d'ellipse, mais leur nombre était très réduit. Il y avait aussi beaucoup de niches de grande taille, généralement vides, mais contenant parfois quelque objet étrange sculpté dans de la stéatite verte, objet soit cassé, soit jugé trop insignifiant pour être emporté. D'autres ouvertures avaient sans aucun doute abrité des machines pour le chauffage, l'éclairage, etc. ; si elles n'y étaient plus, nombre de sculptures les évoquaient. Les plafonds étaient en général nus mais, quelquefois, on les avait incrustés de carreaux, notamment de stéatite verte, pour la plupart tombés. Les sols étaient également pavés de carreaux semblables, même si la pierre nue dominait.

Comme je l'ai dit, il n'y avait ni mobilier, ni rien de transportable ; cependant, les sculptures donnaient une idée claire du genre d'appareils bizarres qui s'étaient autrefois trouvés dans ces salles pareilles à des tombeaux remplis d'échos. Au-dessus du niveau des glaces, les sols étaient souvent jonchés de détritus, de décombres et autres débris, mais en descendant, cela se raréfiait. Dans certaines salles et couloirs des niveaux inférieurs, il n'y avait guère plus que de la poussière graveleuse et des vestiges d'incrustations ; certains endroits étaient d'une netteté troublante, comme s'ils avaient été récemment balayés. Bien entendu, là où s'étaient ouvertes des failles ou produits des effondrements, ces étages étaient aussi jonchés de décombres que ceux du haut. Une cour centrale – comme dans d'autres édifices que nous avions survolés – sauvait les parties proches du centre de l'immeuble d'une obscurité totale ; aussi, nous n'eûmes que rarement à utiliser nos torches électriques aux étages supérieurs, sinon pour étudier les détails d'une frise. Sous la glace, au contraire, la pénombre s'accentuait et, au rez-de-chaussée encombré, on touchait au noir absolu.

Pour se faire ne serait-ce qu'une vague idée de nos pensées et sentiments alors que nous nous enfoncions dans ce dédale de murs inhumains où régnait un silence éternel, il faut mettre en corrélation un chaos indémêlable d'humeurs, d'impressions et de souvenirs fugitifs. L'antiquité proprement épouvantable et la mortelle désolation de cet endroit auraient suffi à écraser toute personne sensible mais, à ces éléments, s'ajoutaient la récente horreur inexpliquée du camp et les révélations prématurées tirées des effroyables sculptures murales qui nous entouraient. Dès que nous tombâmes sur une section de frise intacte et ne présentant aucune ambiguïté d'interprétation, il ne nous fallut qu'un bref examen pour découvrir la hideuse vérité, une vérité dont il serait naïf de dire que Danforth et moi ne l'avions pas soupçonnée chacun de notre côté, même si nous avions soigneusement évité d'y faire allusion entre nous. Il n'y avait plus désormais de place pour un doute rassurant quant à la nature des êtres qui avaient édifié et habité cette ville monstrueuse, des millions d'années plus tôt, alors que les ancêtres de l'homme étaient des mammifères primitifs archaïques, et que de gigantesques dinosaures erraient de par les steppes tropicales d'Europe et d'Asie.

Nous nous étions jusque-là raccrochés à une alternative désespérée en arguant – chacun pour soi-même – que l'omniprésence du motif à cinq points était simplement le fruit de l'exaltation culturelle ou religieuse de l'objet naturel archéen qui avait, de manière si évidente, incarné ce concept de l'étoile à cinq branches, tout comme les ornements de la Crète minoenne exaltaient le taureau sacré, ceux de l'Égypte le scarabée, ceux de Rome la louve et l'aigle, et ceux des différentes tribus sauvages leur animal totem de prédilection. Mais nous fûmes privés de ce refuge salutaire et obligés de faire face, sans ambages, à la délirante vérité que le lecteur de ces pages aura, j'en suis sûr, depuis longtemps subodorée. Maintenant encore, je supporte mal l'idée de l'écrire noir sur blanc, mais peut-être n'aurai-je pas à le faire.

Les êtres qui avaient bâti et habité cette effrayante cité à l'époque des dinosaures, en réalité, n'étaient pas des dinosaures, mais bien pire. Ces derniers étaient de simples animaux, récents et sans cervelle ; mais les bâtisseurs de la cité, eux, étaient vieux et sages, et avaient laissé des traces dans ces roches qui, déjà à l'époque, dataient de mille millions d'années, d'avant que la véritable vie terrestre dépasse le stade du groupement malléable de cellules, et même d'avant son apparition. Ces êtres étaient les créateurs et asservisseurs de cette vie et, sans le moindre doute, avaient inspiré les vieux mythes diaboliques que des ouvrages comme les *Manuscrits Pnakotiques* et le *Necronomicon* évoquaient avec effroi. C'étaient les grands « Anciens » venus des étoiles alors que la terre était encore jeune, des créatures dont une évolution extraterrestre avait façonné la substance et dont les pouvoirs dépassaient tout ce que la planète avait pu engendrer. Et dire que la veille seulement Danforth et moi avions tout bonnement posé les yeux sur des fragments de cette substance fossilisée par les millénaires… et que le pauvre Lake et ses hommes avaient vu des corps complets de ces créatures.

Il m'est bien sûr impossible de rapporter dans l'ordre les étapes suivant lesquelles nous recueillîmes ce que nous savons sur ce monstrueux chapitre de l'histoire préhumaine. Après le choc initial de la fameuse révélation, nous dûmes prendre le temps de récupérer, et il était bien 3 heures lorsque nous entreprîmes l'étude méthodique des sculptures du bâtiment. Elles étaient relativement tardives, datant peut-être de deux millions d'années comme l'ont confirmé des éléments géologiques, biologiques et astronomiques, et évoquaient un art que l'on pourrait qualifier de décadent comparé aux spécimens découverts dans d'autres édifices plus vieux, une fois franchis des ponts sous la couche de glace. Un bâtiment taillé à même la roche semblant remonter à quarante, voire même cinquante millions d'années – au bas éocène ou au haut crétacé – présentait des bas-reliefs dépassant artistiquement tout ce que nous trouvâmes, à une incroyable exception près. Ce fut, nous en convînmes par la suite, la plus ancienne construction domestique que nous traversâmes.

S'il ne fallait pas justifier les clichés sur le point d'être rendus publics, je m'abstiendrais de raconter ce que je trouvai et ce que j'en conclus, de peur d'être enfermé chez les fous. Bien entendu, les premiers épisodes infiniment anciens de ce récit reconstitué – épisodes portant sur la vie préterrestre de ces êtres à tête d'étoile sur d'autres planètes, dans d'autres galaxies et d'autres univers – pourraient aisément n'être que le fruit de la mythologie fantastique de ces êtres eux-mêmes ; toutefois, certains de ces épisodes étaïent parfois agrémentés de dessins et schémas si étrangement proches des dernières découvertes en mathématiques et astrophysique que je ne sais pas vraiment qu'en penser. Les autres jugeront en voyant les photographies que je publierai.

Naturellement, pas une seule des séries de gravures que nous trouvâmes ne dévoilait davantage qu'une fraction d'un épisode donné, et jamais nous ne tombâmes sur deux chapitres correctement enchaînés. Alors que les frises de certaines salles immenses contaient une histoire indépendante, dans d'autres cas, une chronique pouvait se poursuivre sur plusieurs salles et couloirs. Les meilleurs cartes et schémas se trouvaient sur les murs d'un effroyable abîme situé encore plus bas que le rez-de-chaussée originel, une caverne mesurant peut-être soixante mètres carrés sur vingt de haut et qui avait presque certainement été une sorte de centre éducatif. Le même thème était souvent répété *ad nauseam* dans différentes pièces, différents édifices, les décorateurs ou les habitants ayant de tout évidence eu des préférences pour certains chapitres, résumés ou phases de l'histoire de cette espèce. Cependant, il y avait parfois des variations sur le même thème, ce qui nous fut utile pour régler des points discutables ou remplir des blancs.

Je m'étonne encore que nous ayons réussi à faire tant de déductions dans le peu de temps dont nous disposions. Certes, encore maintenant, nous n'avons qu'une vision très schématique de la chronologie, et elle résulte en grande partie des études que nous avons par la suite menées sur nos croquis et photographies. Peut-être ces études – les souvenirs ravivés et les impressions vagues agissant de conserve sur sa sensibilité générale, ainsi que cette prétendue ultime vision d'horreur dont il refuse de révéler la nature, même à moi – sont-elles la cause directe de la dépression actuelle de Danforth. Mais nous n'avions pas le choix ; car il nous est impossible de publier une mise en garde pertinente sans nous être renseignés au mieux, et la diffusion de cette mise en garde est une absolue nécessité. Certaines influences subsistant dans ce mystérieux monde antarctique au temps déréglé et aux lois naturelles d'ailleurs font qu'il est impératif de décourager toute nouvelle exploration.

VII

L'histoire complète, ou du moins ce qui en aura été déchiffré, finira par paraître dans un bulletin officiel de l'université Miskatonic. Dans ces pages, je me contenterai de retracer les points marquants de façon sommaire et décousue. Qu'il s'agisse ou non d'un mythe, les sculptures racontaient l'arrivée sur la terre naissante et sans vie de ces créatures à tête en forme d'étoile venues du fin fond du cosmos ; non seulement leur venue, mais celle de nombreuses autres entités extraterrestres telles qu'il s'en embarque parfois dans une expédition de conquête spatiale. Leurs grandes ailes membraneuses leur permettaient apparemment de traverser le vide interstellaire, ce qui confirmait étrangement le singulier folklore des collines que m'avait autrefois narré un collègue archéologue. Elles avaient longtemps vécu sous les mers, où elles avaient bâti des cités fantastiques et mené de terribles batailles contre d'indicibles adversaires au moyen de machines complexes usant de principes énergétiques inconnus. À l'évidence, leurs connaissances scientifiques et mécaniques surpassaient nettement celles de l'homme moderne, mais elles ne se servaient des formes les plus étendues et poussées de ce savoir qu'en cas de nécessité. Certaines sculptures suggéraient que les créatures avaient connu une phase de vie mécanisée sur d'autres planètes, mais s'étaient ravisées, car elles avaient jugé les effets d'une telle existence décevants sur le plan émotionnel. L'extraordinaire résistance de leur organisme et la simplicité de leurs besoins naturels les rendaient particulièrement adaptées à un haut niveau de vie sans les fruits spécialisés d'une production artificielle, et même sans vêtements sauf, à l'occasion, pour se protéger des éléments.

C'est sous la mer, d'abord pour se nourrir puis pour d'autres raisons, qu'elles créèrent la vie terrestre en se servant des substances disponibles suivant des procédés connus de longue date. Les expériences les plus complexes survinrent après l'anéantissement de divers ennemis cosmiques. Les créatures avaient fait de même sur d'autres planètes en fabriquant non seulement les nourritures nécessaires, mais aussi certaines masses protoplasmiques multicellulaires capables, sous influence hypnotique, de façonner leurs tissus en toutes sortes d'organes provisoires et constituant par là même les esclaves parfaits pour effectuer les travaux difficiles de la communauté. Ces masses visqueuses étaient certainement les créatures qu'Abdul Alhazred avait, bien qu'à demi-mot, évoquées dans son effrayant *Necronomicon* sous le nom de « Shoggoths » ; cependant, rien dans les écrits de l'Arabe fou lui-même ne sous-entendait que ces créatures aient pu exister sur terre, hormis dans les rêves des consommateurs d'une certaine herbe alcaloïde. Quand les Anciens à tête en étoile de notre planète eurent synthétisé leurs nourritures simples et élevé suffisamment de Shoggoths, ils permirent à d'autres groupements cellulaires de se développer pour donner d'autres formes de vie animale ou végétale à des fins diverses et variées, tout en éliminant celles dont l'existence devenait problématique.

Avec l'aide des Shoggoths, dont les excroissances extensibles pouvaient porter des poids prodigieux, les petites et modestes cités sous-marines devinrent de vastes et imposants labyrinthes de pierre, assez semblables à ceux qui se dresseraient un jour à la surface. En vérité, les Anciens, doués de grandes qualités d'adaptation, avaient beaucoup vécu hors des mers sur les planètes qu'ils avaient visitées dans les différentes parties de l'univers, et conservaient sans doute bien des traditions de la construction en surface. En étudiant l'architecture de toutes ces villes paléogènes sculptées, y compris celle dont nous parcourions les couloirs depuis si longtemps morts, nous fûmes frappés par une curieuse coïncidence que nous n'avons encore jamais tenté d'expliquer, y compris pour nous-mêmes. Les toits d'immeubles qui, dans la vraie ville qui nous entourait, s'étaient évidemment érodés une éternité plus tôt jusqu'à ne laisser que des ruines informes, figuraient clairement dans les bas-reliefs, où l'on voyait de gigantesques bouquets de flèches en forme d'aiguille, de délicats fleurons au sommet de certains cônes et pyramides, et des étagements horizontaux de minces disques festonnés coiffant des cheminées cylindriques. C'était précisément ce que nous avions vu dans ce mirage funeste et monstrueux, projeté par une cité morte dont l'horizon avait perdu ses toits depuis des milliers, voire des dizaines de milliers d'années, et qui avait surgi sous nos yeux innocents, par-dessus ces montagnes démentes, comme nous approchions pour la première fois du camp maudit de ce pauvre Lake.

Sur la vie des Anciens, aussi bien sous la mer qu'après la migration d'une partie d'entre eux vers les terres, on pourrait écrire des pages et des pages. Ceux qui vivaient en eaux peu profondes avaient conservé tout l'usage de leurs yeux, situés au bout des cinq principaux tentacules de la tête, et pratiquaient de la manière habituelle les arts de la sculpture et de l'écriture, cette dernière avec un stylet sur des tablettes de cire à l'épreuve de l'eau. Leurs semblables du fond des océans, bien qu'usant de curieux organes phosphorescents pour produire de la lumière, complétaient leur vision par d'étranges sens spéciaux liés aux cils prismatiques de leur tête, sens qui, en cas d'urgence, permettaient à tous les Anciens d'évoluer dans une obscurité quasi complète. Leur manière d'écrire et de sculpter avait subi de curieux changements au fil de leur descente, intégrant l'ajout de couches apparemment chimiques – sans doute pour produire la phosphorescence –, procédé que les bas-reliefs ne parvinrent pas à nous faire comprendre. Pour se déplacer sous l'eau, les créatures nageaient à l'aide de leurs bras latéraux de crinoïdes, ou en faisant onduler leurs tentacules inférieurs, parmi lesquels se trouvaient les pseudopodes. De temps à autre, elles se propulsaient en s'aidant de deux jeux ou plus d'ailes repliables en éventail. À terre, elles utilisaient localement leurs pseudopodes, mais volaient parfois à de hautes altitudes ou sur de longues distances avec leurs ailes.

Les nombreux tentacules par lesquels se terminaient les bras de crinoïdes étaient infiniment délicats, flexibles, puissants et précis au niveau de la coordination musculo-nerveuse, assurant une habileté et une dextérité extrêmes pour toutes les activités artistiques ou plus généralement manuelles.

Leur résistance était presque incroyable. Même la pression terrible des abysses sous-marins les plus profonds semblait ne pas suffire à les blesser. Apparemment, très peu mouraient sinon de mort violente, si bien que leurs sépultures étaient très rares. Lorsque les sculptures nous apprirent qu'elles recouvraient leurs morts, inhumés à la verticale, d'un tertre à cinq pointes gravées, les pensées qui nous assaillirent Danforth et moi rendirent nécessaire une nouvelle pause. Les créatures se reproduisaient au moyen de spores (comme les plantes ptéridophytes, ainsi que Lake l'avait soupçonné) mais, étant donné leur prodigieuse résistance et leur longévité non moins impressionnante, rendant inutile le renouvellement de la population, elles n'encourageaient pas le développement à grande échelle de nouveaux prothalles, sauf quand elles avaient de nouveaux territoires à coloniser. Les jeunes mûrissaient vite, et recevaient une éducation dépassant tout ce que l'on peut imaginer. La vie intellectuelle et esthétique prédominante, hautement évoluée, produisit un ensemble particulièrement durable de coutumes et institutions que je décrirai plus en détail dans ma monographie à venir. Elles variaient légèrement selon que les créatures vivaient sur terre ou sous la mer, mais les fondements et principes restaient les mêmes.

Bien que capables, comme les végétaux, de se nourrir de substances inorganiques, ces êtres préféraient largement les nourritures organiques, et surtout animales. Ceux des fonds marins mangeaient la faune aquatique crue, mais ceux de la surface faisaient cuire leur viande. Ils chassaient du gibier et élevaient du bétail, qu'ils abattaient avec des armes acérées dont notre expédition avait trouvé les marques caractéristiques sur certains os fossiles. Ils supportaient extrêmement bien toutes les températures ordinaires et, à l'état naturel, pouvaient vivre dans l'eau jusqu'au point de congélation. Cependant, lorsqu'une glaciation du pléistocène se prolongea, il y a près d'un million d'années, les habitants de la surface durent recourir à des mesures exceptionnelles, et notamment au chauffage artificiel, jusqu'à ce que le froid mortel finisse apparemment par les repousser dans la mer. Pour leurs vols préhistoriques à travers l'espace cosmique, raconte la légende, les créatures absorbaient certains produits chimiques les rendant presque indépendantes de la nourriture, de l'air ou des conditions de température ; mais à l'époque de la grande glaciation, elles avaient oublié cette technique. Quoi qu'il en soit, elles n'auraient pas pu prolonger indéfiniment cet état artificiel sans que cela ait de conséquences pour elles.

Comme ils ne s'accouplaient pas et étaient semi-végétaux par nature, les Anciens n'avaient pas de base biologique pour la phase familiale de la vie mammifère ; ils semblaient s'organiser en grands foyers fondés sur les principes d'une distribution confortable de l'espace et, comme nous le déduisîmes de la représentation des activités et loisirs des habitants, d'une association par affinité d'esprit. Ils installaient leurs meubles au centre de leurs grandes pièces afin de laisser les murs libres pour la décoration. L'éclairage, pour ceux de la surface, était assuré par un système de nature probablement électrochimique. Sur terre et sous l'eau, ils utilisaient de drôles de tables, de chaises et de divans semblables à des cadres cylindriques – car ils se reposaient et dormaient debout, tentacules repliés – et des râteliers pour les ensembles de surfaces pointillées, articulés par des charnières, qui faisaient office de livres.

Le système de gouvernement, forcément complexe, était sans doute de type socialiste, bien que rien dans les sculptures ne nous permette de l'affirmer. Le commerce, à la fois au niveau local et entre les cités, était très développé, des sortes de jetons plats à cinq branches et gravés servant de devise. Les plus petits fragments de stéatite verdâtre retrouvés par notre expédition devaient être l'équivalent de notre monnaie. Même si la culture de ce peuple était essentiellement urbaine, il pratiquait un peu l'agriculture, beaucoup l'élevage, exploitait des mines et avait une industrie, quoique limitée. Les Anciens voyageaient très souvent, mais les migrations permanentes semblaient relativement rares, sauf dans les cas des grands mouvements de colonisation par lesquels l'espèce s'étendait. Pour leurs déplacements personnels, ils n'avaient besoin d'aucune aide extérieure, car, sur terre, dans les airs comme sous la mer, ils étaient semble-t-il doués d'une vitesse de locomotion absolument incroyable. Cependant, les charges étaient tirées par des bêtes de somme ; des Shoggoths sous la mer et, plus tard, une fois conquise la surface, une singulière variété de vertébrés primitifs.

Ces vertébrés, ainsi qu'une infinité d'autres formes de vie – animales, végétales, marines, terrestres et aériennes –, étaient les produits de l'évolution incontrôlée des cellules vivantes créées par les Anciens, mais ayant échappé à leur surveillance. On les avait laissés se développer librement parce qu'ils n'étaient pas entrés en conflit avec l'espèce dominante. Les formes encombrantes, bien sûr, avaient été méthodiquement exterminées. Dans certaines des sculptures les plus récentes et décadentes, nous découvrîmes avec intérêt la présence d'un mammifère primitif et gauche servant tantôt de nourriture, tantôt de bouffon aux habitants de la surface, et présentant de vagues mais incontestables caractères simiesques et humains. Pour l'édification des villes terrestres, les énormes blocs de pierre des hautes tours étaient en général portés par des ptérodactyles aux ailes gigantesques, et dont l'espèce est pour l'instant inconnue des paléontologues.

L'obstination que les Anciens mirent à survivre aux divers changements et convulsions géologiques ayant affecté la croûte terrestre tenait pour ainsi dire du miracle. Bien que peu de leurs premières villes, voire aucune, semblent avoir subsisté après l'éon archéen, il n'y eut pas de coupure dans leur civilisation, ni dans la transmission de leurs archives. À l'origine, ils s'étaient installés dans l'océan Antarctique, probablement peu de temps après que la matière qui forme la lune avait été arrachée au Pacifique sud, tout proche. D'après l'une des cartes sculptées, la planète entière était alors sous l'eau et, au fil des âges, les cités de pierre s'étaient éparpillées de plus en plus loin de l'Antarctique. Une autre carte montre une vaste masse de terres émergées autour du pôle sud, masse sur laquelle, de toute évidence, certains Anciens installèrent des colonies à titre d'expérience, même si leurs principaux centres étaient transférés au fond de la mer voisine. Des cartes plus tardives, où l'on voit la masse continentale se fissurer et dériver, certains fragments se déplaçant vers le nord, corroborent de façon frappante les théories de la dérive des continents de Taylor, Wegener et Joly.

Avec le soulèvement d'une nouvelle terre dans le Pacifique Sud survinrent de terribles événements. Plusieurs villes marines furent irrémédiablement détruites, mais le pire n'était pas là. Une autre espèce, des créatures terrestres en forme de pieuvre et correspondant sans doute aux légendaires rejetons préhumains de Cthulhu, commença bientôt à arriver de l'univers infini. Elle déclencha une guerre monstrueuse qui, pour un temps, vit tous les Anciens repoussés dans la mer. C'était un coup terrible pour ces derniers, dont la colonisation des terres avait bien progressé. Plus tard, les deux espèces firent la paix, et les nouveaux territoires furent attribués aux rejetons de Cthulhu, tandis que les Anciens conservaient les mers et les vieilles terres. Ils fondèrent de nouvelles cités à la surface, dont la plus grande se trouvait en Antarctique, cette région étant sacrée pour avoir vu leur arrivée originelle. Dès lors, elle redevint et resta le cœur de la civilisation des Anciens, et toutes les cités que les rejetons de Cthulhu y avaient bâties furent anéanties. Puis soudain, les terres du Pacifique s'enfoncèrent de nouveau en emportant l'abominable ville de pierre de R'lyeh, ainsi que toutes les pieuvres cosmiques, si bien que les Anciens redevinrent les maîtres incontestés de la planète. Ils n'avaient plus en tête qu'une seule menace dont ils n'aimaient pas parler. À une époque plus récente, leurs villes constellaient toutes les zones terrestres et maritimes du globe ; c'est pourquoi dans ma future monographie je recommande aux archéologues de faire des forages systématiques à l'aide d'une machine semblable à celle de Pabodie dans certaines régions diversement réparties.

Le mouvement migratoire de la mer vers la terre, mouvement encouragé par l'émersion de nouveaux territoires, se confirma au fil du temps, même si les océans ne furent jamais totalement abandonnés. Il y avait une autre raison pour cette migration : les Anciens rencontraient des difficultés inédites dans l'élevage et le contrôle des Shoggoths, créatures indispensables à une vie sous-marine prospère. Avec le temps, comme les sculptures nous l'apprirent à contrecœur, ils oublièrent l'art consistant à créer la vie à partir de la matière inorganique, et durent donc se contenter de façonner des formes préexistantes. À la surface, les grands reptiles s'avérèrent fort dociles ; mais sous la mer, les Shoggoths, qui se reproduisaient par division et dont les progrès en matière d'intelligence prenaient un tour dangereux, posèrent pour un temps un problème de très grande ampleur.

Les Anciens les avaient toujours contrôlés par suggestion hypnotique ; ils leur ordonnaient de faire apparaître provisoirement divers membres et organes utiles sur leur corps robuste et flexible. Mais leurs pouvoirs de modelage de leur propre corps avaient commencé à s'exercer indépendamment, en créant par imitation diverses formes inspirées de suggestions passées. Ils avaient semble-t-il développé un cerveau semi-permanent dont la volonté indépendante et parfois obstinée réagissait aux ordres de leurs maîtres sans toujours y obéir. Les représentations sculptées de ces Shoggoths nous remplirent, Danforth et moi, d'horreur et de dégoût. Ces êtres normalement informes étaient composés d'une gelée visqueuse et ressemblaient à des agglutinations de bulles. Sous leur forme sphérique, ils atteignaient environ quatre mètres cinquante de diamètre ; cependant, ils changeaient constamment de silhouette et de volume, projetant des appendices provisoires ou des organes apparents de la vue, de l'ouïe ou de la parole, imitant l'image de leurs maîtres soit spontanément, soit sur suggestion de ces derniers.

Apparemment, les Shoggoths étaient devenus particulièrement indociles vers le milieu de la période permienne, il y a peut-être cent cinquante millions d'années de cela, jusqu'à ce que les Anciens des mers leur fassent une guerre en règle pour les forcer à se soumettre de nouveau. Les images de cette guerre et de l'habitude qu'avaient les Shoggoths d'abandonner leurs victimes décapitées et couvertes de bave avaient quelque chose d'incroyablement effrayant, malgré l'éternité qui nous séparait des événements. Les Anciens avaient utilisé contre les rebelles d'étranges armes de désintégration moléculaire et atomique. La guerre s'était soldée par leur victoire totale. Comme le montraient les sculptures, au cours de la période qui s'était ensuivie, des Anciens armés avaient dressé et maté les Shoggoths comme les *cow-boys* de l'Ouest américain le firent avec les chevaux sauvages. À l'occasion de leur rébellion, les bêtes de somme avaient prouvé leur capacité à vivre hors de l'eau, mais leurs maîtres n'encouragèrent pas cette évolution, car l'utilité des Shoggoths sur terre n'aurait pas été à la hauteur des difficultés liées à leur indocilité.

Pendant la période jurassique, les Anciens firent face à une nouvelle menace, à savoir une autre invasion de créatures de l'espace, en l'occurrence des êtres moitié champignons, moitié crustacés venus d'une planète que l'on peut assimiler à la lointaine Pluton, récemment découverte ; sans doute les mêmes créatures que celles évoquées dans certaines légendes secrètes des collines du nord et auxquelles la tradition himalayenne donne le nom de Mi-Go, ou abominables hommes des neiges. Pour les combattre, les Anciens tentèrent leur première sortie dans l'espace depuis leur installation sur terre ; toutefois, ils s'aperçurent qu'en dépit de tous leurs préparatifs traditionnels, il ne leur était plus possible de quitter l'atmosphère de la planète. Quel qu'ait été le secret du voyage interstellaire, l'espèce l'avait oublié à jamais. Finalement, les Mi-Go chassèrent les Anciens de toutes les terres du nord, sans rien pouvoir faire cependant contre ceux de la mer. Petit à petit commença la lente retraite de l'espèce vers son habitat antarctique des origines.

Dans les batailles représentées, nous observâmes avec curiosité que les rejetons de Cthulhu aussi bien que les Mi-Go paraissaient faits d'une matière encore plus étrange que celle composant les Anciens. Ils étaient capables de métamorphoses et de réintégrations, contrairement à leurs adversaires, et semblent donc être venus d'un espace cosmique encore plus lointain. Les Anciens, hormis leur résistance anormale et leurs caractéristiques vitales particulières, étaient de nature strictement matérielle et devaient donc avoir leur origine dans le continuum espace-temps connu ; quant à la naissance des autres, on ne peut faire mieux que des suppositions hasardeuses en retenant son souffle. Tout cela, bien entendu, si l'on part du principe que les liens non terrestres et anomalies attribués aux envahisseurs ennemis ne sont pas que pure mythologie. Il n'est pas impossible que les Anciens aient inventé une toile de fond cosmique pour expliquer leurs défaites occasionnelles, leur intérêt pour l'histoire et leur orgueil étant manifestement les moteurs essentiels de leur psychologie. Il est significatif que leurs annales aient passé sous silence bien des espèces évoluées et puissantes dont la culture remarquable et les impressionnantes cités ont durablement figuré dans certaines légendes mystérieuses.

Les changements du monde au fil des longues périodes géologiques figuraient de façon frappante dans nombre de scènes et de cartes sculptées. Dans certains cas, il faudra réviser la science actuelle ; dans d'autres, ses audacieuses déductions se verront magnifiquement confirmées. Comme je l'ai déjà dit, l'hypothèse de Taylor, Wegener et Joly suivant laquelle tous les continents sont des fragments d'une masse continentale située à l'origine en Antarctique et qui se serait fissurée sous l'effet de la force centrifuge pour ensuite dériver en flottant sur une surface théoriquement visqueuse – hypothèse suggérée par certains indices, comme les silhouettes complémentaires de l'Afrique et de l'Amérique du Sud et la manière dont les grandes chaînes montagneuses sont roulées et remontées – reçoit un soutien frappant de cette source inattendue.

Des cartes sur lesquelles figurait clairement le monde carbonifère d'il y a cent millions d'années ou plus montraient d'importants gouffres et crevasses qui finiraient par séparer l'Afrique des territoires autrefois continus de l'Europe (alors la Valusia des infernales légendes primitives), de l'Asie, des Amériques et du continent antarctique. D'autres cartes – et plus particulièrement l'une d'elles portant sur la fondation, il y a cinquante millions d'années, de la gigantesque cité morte au cœur de laquelle nous nous trouvions – montraient tous les continents actuels bien distincts les uns des autres. Et, dans les spécimens les plus récents remontant peut-être au pliocène, apparaissait très nettement un monde proche de celui que nous connaissons, à ceci près que l'Alaska était reliée à la Sibérie, l'Europe à l'Amérique du Nord par le Groenland, et l'Amérique du Sud au continent antarctique par la terre de Graham. Sur la carte du carbonifère, le globe entier – plancher océanique et masses continentales fissurées – portait les symboles des immenses cités de pierre des Anciens, mais dans les autres, plus tardives, le recul progressif vers l'Antarctique ne faisait plus de doute. La carte finale du pliocène ne comportait plus aucune ville terrestre, à part en Antarctique et à la pointe de l'Amérique du Sud, ni de cités sous-marines au nord du cinquantième parallèle de latitude sud. Logiquement, les Anciens ne savaient plus rien du monde septentrional et avaient perdu tout intérêt pour lui, se contentant d'étudier ses tracés côtiers, sans doute observés aux cours de longs vols d'exploration avec leurs ailes membraneuses en forme d'éventail.

Les Anciens répertoriaient tout simplement la destruction des cités résultant du soulèvement des montagnes, de la déchirure des continents sous l'effet de la force centrifuge, des convulsions sismiques à la surface comme au fond des mers, entre autres causes naturelles. Nous remarquâmes d'ailleurs avec curiosité qu'au fil du temps, les villes dévastées avaient été de moins en moins remplacées. La vaste mégalopole qui gisait, morte, autour de nous semblait avoir constitué le dernier grand centre urbain de l'espèce ; les Anciens l'avaient édifiée au début du crétacé, après qu'un titanesque effondrement eut anéanti une autre ville, plus vaste encore, non loin de là. Cette région était apparemment la plus sacrée de toutes, car, d'après la légende, c'était là que les Anciens s'étaient installés en premier, alors que le continent était encore au fond des mers originelles. Dans la nouvelle cité – que nous reconnûmes à bien des détails dans les sculptures mais qui s'étendait sur au moins cent soixante kilomètres dans les deux sens le long de la chaîne, soit au-delà des limites extrêmes de notre vol de reconnaissance – étaient prétendument conservées certaines pierres sacrées ayant fait partie de la première ville du fond des mers, et qui étaient remontées à la lumière après de longues périodes de formation des strates.

VIII

Naturellement, Danforth et moi étudiâmes avec un intérêt tout particulier et une stupeur étonnamment personnelle tout ce qui se rapportait aux environs immédiats. Il y avait évidemment abondance de détails locaux ; au niveau pris dans les glaces, nous eûmes la chance de trouver une maison d'édification très tardive, et dont les murs, bien qu'assez abîmés par la proximité d'une faille, arboraient des sculptures au style décadent. Celles-ci racontaient un pan de l'histoire de la région allant bien au-delà de la période de la carte pliocène qui nous avait donné notre dernier aperçu du monde préhumain. Ce fut le dernier endroit que nous examinâmes en détail ; en effet, ce que nous y trouvâmes nous donna un nouvel objectif immédiat.

Nous nous trouvions certainement dans l'un des lieux les plus étranges, déconcertants et terribles que l'on puisse trouver aux quatre coins du globe. De toutes les terres existantes, c'était la plus ancienne, et de très loin. Nous étions de plus en plus convaincus que cette hideuse région était en réalité le fabuleux et cauchemardesque plateau de Leng, dont l'auteur fou du *Necronomicon* lui-même hésitait à parler. La grande chaîne montagneuse était démesurément longue ; elle commençait par des montagnes peu élevées en terre de Luitpold, au bord de la mer de Weddell, et traversait pour ainsi dire tout le continent. La partie vraiment haute faisait un immense arc de cercle commençant et finissant à peu près à 82° de latitude, 60° de longitude est, et 70° de latitude, 115° de longitude est, respectivement, notre camp étant sur le côté concave, et l'extrémité en direction de la mer, dans la région de cette longue côte bloquée par les glaces dont Wilkes et Mawson aperçurent les collines sur le cercle polaire antarctique.

Mais la nature était allée encore plus loin dans ses monstrueux excès, et leur proximité avait quelque chose d'inquiétant. J'ai dit que ces sommets étaient plus hauts que ceux de l'Himalaya mais, au vu des sculptures, je n'ai pas le droit d'affirmer qu'ils sont les plus élevés du monde. Ce sinistre honneur revient sans le moindre doute à ce que la moitié des frises n'osaient seulement évoquer, l'autre moitié n'abordant la question qu'avec une répugnance et une appréhension évidentes. Il semblerait qu'une partie de la terre antique – celle qui émergea la première des eaux après que la planète eut rejeté la lune et que les Anciens furent arrivés des étoiles – était évitée, car assimilée à un mal indéfini et inconnu. Les cités que les Anciens avaient bâties dans cette région-là étaient tombées en ruine avant leur temps et avaient été retrouvées subitement désertes. Puis, quand la première grande secousse avait bouleversé la région à l'époque comanchéenne, une effroyable rangée de pics avait brusquement surgi dans le fracas et le chaos les plus épouvantables. La terre avait désormais ses montagnes les plus élevées et les plus terribles.

Si l'échelle des sculptures était correcte, ces horreurs devaient mesurer bien plus de douze mille mètres, ce qui les plaçait encore nettement plus haut que les épouvantables montagnes aberrantes dont nous avions traversé la chaîne. Elles semblaient s'étendre approximativement de 77° de latitude, 70° de longitude est, à 70° de latitude, 100° de longitude est, soit à moins de cinq cents kilomètres de la cité morte, si bien que sans cette vague brume opalescente, nous aurions pu apercevoir leurs redoutables sommets indistincts dans l'ouest lointain. De même, l'extrémité nord de la chaîne devait être visible depuis la côte de la Reine-Mary qui, sur une longue distance, se confondait avec le cercle antarctique.

Certains Anciens, au temps de la décadence, avaient adressé d'étranges prières à ces montagnes ; mais nul ne les avait jamais approchées, ni n'avait osé formuler une quelconque hypothèse quant à ce qui se trouvait au-delà. L'homme n'avait jamais posé les yeux sur ces pics et, en étudiant les émotions transmises par ces sculptures, je priai moi-même pour que cela n'arrive pas. Derrière, le long de la côte de la Reine-Mary et de celle de la terre Guillaume-II, des collines empêchent de les voir. Je remercie le ciel que personne n'ait réussi à débarquer et à escalader ces collines. Je ne suis plus aussi sceptique que je l'étais quant aux vieilles superstitions et aux contes antiques, et je ne me ris pas de la vision du sculpteur préhumain, qui montrait la foudre marquant, l'espace de quelques instants, des arrêts délibérés sur chacune des crêtes menaçantes, et une lumière inexplicable brillant, tout au long de l'interminable nuit polaire, au sommet d'une de ces terribles montagnes. L'idée est tout à fait monstrueuse, mais il y a peut-être du vrai dans les vieilles rumeurs pnakotiques sur Kadath dans le Désert Glacé.

Toutefois, la région où nous nous trouvions n'était pas moins étrange, même si elle ne faisait pas l'objet d'une malédiction indescriptible. Peu après la fondation de la cité, la grande chaîne devint le siège des principaux temples, et nombre de sculptures montraient le genre de tours fantastiques et insolites qui s'étaient dressées dans le ciel, là où il n'y avait désormais plus que des remparts et des cubes bizarrement agglomérés. Les cavernes étaient apparues au fil du temps ; on les avait aménagées de manière à en faire des annexes des temples. Au cours des époques qui suivirent, les eaux souterraines creusèrent toutes les veines calcaires de la région, de sorte que les montagnes, les contreforts et les plaines qui s'étendaient à leur pied étaient parcourus par un véritable réseau de grottes et galeries reliées entre elles. De nombreuses sculptures racontaient de façon pittoresque l'exploration des profondeurs de la terre et la découverte finale de la ténébreuse mer stygienne cachée dans les entrailles de la terre.

Ce vaste gouffre noir, sans nul doute creusé par le grand cours d'eau qui s'écoulait des montagnes inconnues dans l'ouest et qui, à l'origine, tournait au pied de la chaîne des Anciens, puis la longeait pour aller se jeter dans l'océan Indien, entre les côtes de Budd et Totten, sur le littoral de la terre de Wilkes. Petit à petit, le fleuve avait creusé la base calcaire des contreforts à l'endroit où son lit changeait de direction, jusqu'à ce que son travail de sape atteigne les cavernes des eaux souterraines, auxquelles le fleuve s'allia pour en approfondir l'abîme. Enfin, toute son eau se déversa dans les collines creuses, et l'ancien lit partant vers l'océan s'assécha. La ville telle que nous l'avions trouvée avait été en grande partie édifiée sur ce lit. Les Anciens, comprenant ce qui s'était passé et forts de leur sens artistique toujours aussi aigu, avaient sculpté des pylônes ornementés dans les avancées des contreforts, là où le grand cours d'eau entamait sa descente dans les ténèbres éternelles.

Ce fleuve, jadis enjambé par quantités de nobles ponts de pierre, était de toute évidence celui dont nous avions vu le cours disparu depuis notre avion. Sa position sur certaines frises de la cité nous aida à nous retrouver dans ce paysage qui avait changé à chaque phase de cette longue histoire depuis longtemps terminée. Nous pûmes donc dessiner une carte sommaire mais précise des lieux remarquables – places, édifices importants… – afin d'aider à l'orientation de futures explorations. Nous parvînmes bientôt à recréer en imagination ce prodigieux ensemble tel qu'il avait existé un, dix ou cinquante millions d'années plus tôt, les sculptures nous informant précisément sur l'apparence de ces bâtiments, montagnes, places, faubourgs, paysages, mais aussi de la végétation luxuriante du tertiaire. Tout cela avait dû être d'une beauté merveilleuse et magique ; en y pensant, je faillis oublier le sinistre sentiment d'oppression qui accablait mon esprit sous l'emprise de cette ville inhumaine, aussi bien par son âge, sa taille, sa torpeur et son isolement que par son crépuscule glacial. Cependant, selon certains bas-reliefs, ses habitants avaient eux-mêmes été en proie à une terreur oppressante ; car dans des scènes lugubres revenant avec insistance, on voyait les Anciens épouvantés reculer devant quelque chose que les artistes ne s'autorisaient jamais à montrer mais que l'on avait découvert dans le grand fleuve et que les eaux, cela apparaissait sur les sculptures, avaient charrié à travers les forêts ondoyantes de cycadales drapées de vignes, et ce depuis les horribles montagnes de l'ouest.

C'est seulement sur les frises décadentes de la maison d'édification tardive que nous décelâmes des signes avant-coureurs de la catastrophe finale qui avait conduit à l'abandon de la ville. Il y avait forcément ailleurs beaucoup de sculptures contemporaines de celles-ci, même en tenant compte du relâchement des énergies et aspirations en cette époque de tension et d'incertitude ; et d'ailleurs, la preuve incontestable de leur existence nous fut bientôt donnée. Mais les frises de cette maison furent les premières et les seules que nous vîmes de nos yeux. Nous avions l'intention de poursuivre les recherches par la suite ; cependant, comme je l'ai dit, les circonstances immédiates nous firent poursuivre un objectif plus urgent. Nous nous serions cependant heurtés à une limite dans notre enquête, car, après avoir perdu tout espoir d'occuper encore longtemps ces lieux, les Anciens n'avaient pu qu'abandonner complètement les décorations murales. Le coup décisif fut bien entendu le début de la grande glaciation qui, pour un temps, tint presque toute la planète sous sa coupe et ne quitta plus jamais les pôles condamnés ; cette même glaciation qui, de l'autre côté du monde, précipita la fin des terres légendaires de Lomar et d'Hyperborée.

Il serait difficile de dire avec précision quand démarra cette tendance en Antarctique. Aujourd'hui, nous fixons le début de la série de périodes glaciaires à environ cinq cent mille ans dans le passé mais, aux pôles, le terrible fléau avait dû commencer beaucoup plus tôt. Toute estimation chiffrée est en partie conjecturale, mais il est très probable que les sculptures décadentes remontent à beaucoup moins d'un million d'années, et que l'abandon de la ville ait été consommé bien avant la date admise pour le début du pléistocène à l'échelle de la planète, il y a cinq cent mille ans.

Les bas-reliefs décadents montraient l'éclaircissage généralisé de la végétation et le déclin de la vie paysanne de l'espèce. On voyait des dispositifs de chauffage dans les foyers, et les Anciens voyageant en hiver étaient représentés emmitouflés dans des étoffes protectrices. Nous découvrîmes alors une série de cartouches – car les frises étaient fréquemment interrompues dans ces exemples tardifs – représentant une migration sans cesse croissante vers les refuges les plus proches où régnait une relative chaleur. Certains fuyaient vers les villes sous-marines, au large de la côte lointaine, et d'autres descendaient sous les collines creuses et traversaient le dédale des cavernes calcaires pour rejoindre l'abîme noir des eaux souterraines.

En fin de compte, il semblerait que la plupart des Anciens aient choisi de coloniser l'abîme proche. Sans nul doute, c'était en partie dû au caractère sacré qu'avait traditionnellement cette région ; mais aussi et peut-être surtout, au fait que cela permettait aux colons de continuer d'utiliser les grands temples juchés sur les montagnes percées de galeries, et de garder la gigantesque cité comme résidence d'été et base de communication avec différentes mines. Le passage entre ancienne et nouvelle colonie fut facilité par le nivellement et l'amélioration des voies de communication, et notamment le creusage de nouveaux tunnels permettant de relier directement l'antique métropole au noir abîme ; des tunnels en pente raide dont nous indiquâmes soigneusement les entrées, selon nos estimations mûrement réfléchies, sur le plan que nous préparions. À l'évidence, deux d'entre eux au moins se trouvaient à distance raisonnable de là où nous étions. Les deux entrées étaient côté montagnes, au bord de la ville ; l'une se trouvait même à moins de quatre cents mètres en direction de l'ancien lit du fleuve, et l'autre, environ deux fois plus loin dans le sens opposé.

L'abîme avait apparemment par endroits des rivages secs en pente douce, mais les Anciens avaient construit leur cité sous l'eau, sans doute parce que la température y resterait vraisemblablement plus chaude. La mer cachée paraissait fort profonde, et la chaleur interne de la planète la rendrait donc indéfiniment habitable. Les Anciens, qui n'avaient jamais laissé leurs branchies s'atrophier, semblaient n'avoir eu aucun mal à s'adapter à une vie sous-marine – tout d'abord partielle puis, bien sûr, permanente. De nombreuses sculptures montraient qu'ils avaient toujours rendu de fréquentes visites à leurs frères vivant sous l'eau, et qu'ils avaient pour habitude de se baigner dans les profondeurs de leur grand fleuve. De même, l'obscurité des entrailles de la terre ne pouvait pas représenter un obstacle pour une espèce habituée aux longues nuits antarctiques.

Malgré l'indéniable décadence de leur style, ces bas-reliefs tardifs donnaient vraiment une tonalité grandiose à l'édification de la nouvelle cité des profondeurs. Les Anciens s'y étaient pris en scientifiques, extrayant du cœur des montagnes creuses des blocs de roche inaltérable, et employant des ouvriers spécialisés des villes sous-marines les plus proches pour réaliser l'opération suivant les meilleures méthodes. Ces ouvriers apportèrent tout le nécessaire pour mener à bien cette nouvelle entreprise : du tissu organique de Shoggoth pour créer des porteurs de pierres, puis des bêtes de somme pour la cité de l'abîme, mais aussi des échantillons de matière protoplasmique que l'on façonnerait en organismes phosphorescents à des fins d'éclairage.

Enfin, une impressionnante métropole se dressa au fond de la mer stygienne ; son architecture était très proche de celle de la ville de la surface, et sa construction ne montrait que peu de signes de décadence en raison de la précision mathématique inhérente à ce genre de travaux. Les jeunes Shoggoths, d'une taille colossale et d'une intelligence étonnante, étaient représentés recevant et exécutant les ordres avec une merveilleuse célérité. Ils semblaient converser avec les Anciens en imitant leur voix – une sorte de son flûté et musical à la tessiture étendue, si le pauvre Lake avait vu juste dans les conclusions de sa dissection – et obéir à des instructions orales plutôt qu'à des suggestions hypnotiques comme par le passé. Ils étaient néanmoins d'une docilité admirable. Les organismes phosphorescents fournissaient la lumière avec une redoutable efficacité, et compensaient à coup sûr la perte des aurores boréales si habituelles aux nuits de la surface.

Bien entendu, l'art et la décoration existaient toujours, mais étaient empreints d'une certaine décadence. Les Anciens semblaient avoir eux-mêmes remarqué cette dégradation et, dans de nombreux cas, anticipèrent la politique de Constantin le Grand en faisant venir de leur cité terrestre de beaux échantillons de bas-reliefs, tout comme l'empereur, dans un âge de déclin comparable, dépouilla la Grèce et l'Asie de leurs plus belles œuvres afin d'offrir à sa nouvelle capitale byzantine les splendeurs que son peuple n'était plus en mesure de produire par lui-même. Si le transfert des blocs sculptés ne fut pas plus massif, c'est sans doute parce que la ville de la surface, au début, n'était pas totalement abandonnée. Lorsque enfin ses derniers habitants la désertèrent – et le pléistocène polaire ne devait pas être très avancé lorsque cela se produisit – peut-être les Anciens s'étaient-ils habitués à leur art décadent... ou avaient-ils cessé de reconnaître les mérites supérieurs des sculptures plus anciennes. Quoi qu'il en soit, les ruines depuis si longtemps silencieuses qui nous entouraient n'avaient pas subi de dépouillement systématique, même si toutes les meilleures statues isolées avaient disparu, à l'instar du mobilier.

Les cartouches et cimaises décadents qui racontaient cette histoire furent, comme je l'ai déjà dit, les derniers que nous trouvâmes au cours de notre courte enquête. Ils nous laissèrent l'image d'Anciens faisant des allers et retours entre la ville de la surface en été, et la mer souterraine en hiver, et qui, à l'occasion, commerçaient avec les cités sous-marines, au large du littoral antarctique. À cette époque, ils devaient considérer la métropole terrestre comme perdue, car les bas-reliefs montraient de nombreux signes des néfastes ingressions du froid. La végétation déclinait, et les terribles neiges de l'hiver ne fondaient plus complètement, pas même au cœur de l'été. Le cheptel de sauriens était presque décimé, et les mammifères ne se portaient guère mieux. Afin de continuer le travail en surface, il devint nécessaire d'adapter à la vie extérieure certains de ces Shoggoths amorphes et étrangement résistants au froid, ce que les Anciens avaient toujours hésité à faire. Le grand fleuve était désormais sans vie, et la mer de la surface avait perdu la plupart de ses habitants, à l'exception des phoques et des baleines. Tous les oiseaux s'étaient envolés, à part les grands manchots grotesques.

Ce qui s'était passé ensuite, nous ne pûmes que le supposer. Combien de temps avait survécu la nouvelle cité dans sa mer souterraine ? Y était-elle encore, tel un cadavre de pierre enveloppé d'obscurité éternelle ? Les eaux souterraines avaient-elles fini par geler ? Quel avait été le destin des villes sous-marines du monde extérieur ? Des Anciens avaient-ils migré vers le nord avant d'être rattrapés par la calotte glaciaire ? La géologie actuelle ne révèle aucune trace de leur présence. Les effrayants Mi-Go étaient-ils restés une menace pour le monde extérieur du nord ? Pouvait-on savoir avec certitude ce qui se terrait ou non, aujourd'hui encore, dans les noirs abysses insondables des eaux les plus profondes de la terre ? Ces choses pouvaient manifestement supporter n'importe quelle pression, et les marins remontent souvent de curieux objets. Et l'hypothèse de la baleine tueuse suffit-elle vraiment à expliquer les mystérieuses et violentes blessures observées une génération plus tôt par Borchgrevink sur les phoques de l'Antarctique ?

Les spécimens retrouvés par ce pauvre Lake n'entraient pas dans le cadre de ces hypothèses, car leur environnement géologique prouvait qu'ils avaient sans doute vécu à une époque très reculée de l'histoire de la cité terrestre. D'après l'endroit où on les avait retrouvés, ils ne pouvaient pas avoir moins de trente millions d'années ; nous nous fîmes la réflexion qu'à ladite époque, la ville de la mer souterraine n'existait pas davantage que la caverne elle-même. Les créatures se seraient rappelé un décor plus ancien, où pullulait une luxuriante végétation tertiaire, se seraient vues au cœur d'une ville plus jeune, à son apogée artistique, avec un grand fleuve longeant la base des impressionnantes montagnes en direction d'un lointain océan tropical, au nord.

Et cependant, nous ne pouvions nous empêcher de penser à ces spécimens, en particulier aux huit intacts qui avaient disparu du camp horriblement ravagé de Lake. Il y avait quelque chose d'anormal dans toute cette affaire. Les bizarreries que nous nous étions tant escrimés à attribuer à un dément, ces effroyables tombes, la quantité et la nature du matériel manquant, Gedney, la résistance surnaturelle de ces monstres d'un autre temps, et ce que les sculptures nous avaient révélé de leurs drôles de particularités physiques… Danforth et moi en avions tellement vu, au cours des quelques dernières heures, que nous étions prêts à croire et à taire bien des secrets de la Nature originelle, si incroyables et épouvantables fussent-ils.

IX

J'ai dit que notre examen des sculptures décadentes nous avait fait changer d'objectif immédiat. Bien entendu, ce revirement était lié aux chemins creusés par les Anciens pour rejoindre le monde des noires profondeurs, chemins dont nous n'avions pas eu connaissance jusqu'alors mais que nous avions désormais hâte de trouver et d'emprunter. Nous déduisîmes de l'échelle apparente des bas-reliefs qu'en entrant par un tunnel ou par l'autre, au bout d'environ un kilomètre et demi de descente en pente raide, nous nous trouverions au bord des vertigineuses falaises du grand abîme sans soleil ; de là, des sentiers aménagés par les Anciens menaient à la rive rocheuse du secret océan ténébreux. Dès que nous apprîmes son existence, l'idée de contempler de nos yeux ce gouffre légendaire nous sembla irrésistible ; toutefois, nous savions que nous devions nous lancer sans tarder dans cette quête si nous voulions la mener à bien au cours de cette mission.

Il était 20 heures, et nous n'avions pas assez de piles de rechange pour laisser nos torches indéfiniment allumées. Nous avions passé tellement de temps à étudier et copier les frises sous le niveau des glaces que nos lampes servaient de manière presque ininterrompue depuis cinq heures et, malgré le système spécial de piles sèches, il ne nous restait plus que quatre heures d'autonomie environ. Toutefois, en gardant une torche éteinte, sauf pour les endroits difficiles ou d'un intérêt exceptionnel, peut-être parviendrions-nous à grappiller une marge de sécurité supplémentaire. Pas question de se retrouver sans lumière dans ces catacombes cyclopéennes ; aussi, pour parvenir jusqu'à l'abîme et en revenir, nous allions devoir mettre un terme à nos déchiffrages de frises. Bien entendu, la curiosité l'ayant depuis longtemps emporté sur l'horreur, nous avions l'intention de revenir faire de l'exploration intensive et photographier cette cité au cours des jours et, peut-être, des semaines qui suivraient ; mais dans l'immédiat, il nous fallait faire vite.

Notre réserve de morceaux de papier était loin d'être inépuisable, et nous hésitions à sacrifier nos carnets et notre papier à dessin pour l'alimenter ; cependant, nous taillâmes un gros cahier en pièces. Si les choses se gâtaient, nous pourrions toujours faire des marques dans la roche. Et bien sûr, même si nous nous perdions, il resterait la possibilité de remonter à la lumière du jour par une galerie ou une autre ; y arriver ne serait qu'une question de temps, même à tâtons. Impatients, nous nous décidâmes donc à prendre la direction supposée du tunnel le plus proche.

D'après les bas-reliefs dont nous avions tiré notre carte, le tunnel en question ne pouvait pas se trouver à beaucoup plus de quatre cents mètres de nous ; les bâtiments d'aspect massif qui nous en séparaient s'avéreraient sans doute encore traversables sous le niveau des glaces. L'entrée elle-même devait être au sous-sol, dans l'angle le plus proche des contreforts, d'un grand édifice à cinq branches à usage manifestement public, voire cérémoniel. Nous essayâmes de l'identifier d'après la vue aérienne que nous avions eue des ruines.

En repensant à notre vol, nous ne nous rappelâmes aucune structure de ce genre, et en déduisîmes que ses parties hautes étaient très endommagées ; peut-être même le bâtiment s'était-il effondré dans une crevasse de glace que nous avions remarquée. Dans ce cas, le tunnel serait probablement bouché, et nous serions obligés d'essayer le deuxième plus proche, à environ un kilomètre et demi au nord. Le lit du fleuve qui nous barrait la route nous empêcherait de tenter les galeries plus au sud au cours de cette mission ; en l'occurrence, si les deux tunnels des environs étaient bloqués, il était peu probable que nos piles nous permettent d'essayer le suivant, plus au nord, à près d'un kilomètre et demi de notre second choix.

Tandis que nous nous faufilions dans la pénombre du labyrinthe à l'aide de notre carte et de notre boussole – parcourant salles et couloirs dans divers états de ruine ou de conservation, escaladant des rampes, traversant les étages supérieurs et les ponts pour ensuite redescendre par d'autres rampes, rencontrant portes obstruées et piles de décombres, pressant à l'occasion le pas lorsqu'une zone bien conservée et étrangement nette le permettait, faisant fausse route et revenant sur nos pas (auquel cas nous récupérions les morceaux de papier qui marquaient la fausse piste), et tombant de temps en temps sur le bas d'un puits ouvert laissant entrer la lumière à flots ou petits filets – notre œil était sans cesse attiré par les murs aux frises tentantes. Beaucoup d'entre elles devaient narrer des récits d'une immense importance historique, et c'est seulement la perspective de revenir plus tard qui nous fit accepter la nécessité de passer devant sans les étudier. Pourtant, nous ralentissions de temps en temps, et allumions même notre seconde torche. Si nous avions disposé d'assez de pellicules, sans doute aurions-nous fait de courtes pauses pour photographier certains bas-reliefs. Cependant, il était hors de question d'en faire des croquis ; c'eût été trop long.

J'en arrive une fois de plus à un moment de mon récit où la tentation est forte de renâcler ou de remplacer les faits par de simples allusions. Toutefois, il m'est nécessaire de révéler le reste de l'histoire pour expliquer ma démarche visant à décourager toute exploration de la région. À force de pérégrinations, nous étions arrivés très près du lieu supposé de l'entrée du tunnel – après avoir franchi un pont du premier étage menant à ce qui nous semblait bien être l'extrémité d'un mur pointu, puis être descendus dans un couloir en ruine mais particulièrement riche en sculptures décadentes mais complexes et, apparemment, rituelles, de manière tardive – lorsque, peu avant 20 h 30, l'odorat de Danforth, encore jeune et donc affûté, nous signala pour la première fois quelque chose d'anormal. Si nous avions eu un chien, je suppose qu'il nous aurait avertis plus tôt. Tout d'abord, nous ne pûmes dire avec précision ce qui clochait dans l'air jusqu'alors pur comme du cristal mais, au bout de quelques secondes, notre mémoire réagit sans laisser de place au doute. Je vais essayer de le dire sans flancher. Il y avait une odeur ; une odeur vaguement, subtilement mais indubitablement proche de celle qui nous avait soulevé le cœur lorsque nous avions ouvert l'absurde sépulture de l'horreur dont ce pauvre Lake avait fait la dissection.

La révélation, cela va de soi, ne fut pas aussi nette qu'il y paraît à présent. On pouvait envisager plusieurs explications, et nous échangeâmes d'ailleurs bien des murmures indécis. Mais le plus important est que nous n'ayons pas battu en retraite sans pousser l'enquête ; après avoir fait tout ce chemin, il aurait fallu rien de moins que la certitude d'un désastre pour nous décourager. En tout cas, ce que nous avions soupçonné était beaucoup trop incroyable. Ce genre de choses ne pouvaient se produire dans un monde normal. C'est probablement par pure réaction de notre instinct irrationnel que nous baissâmes la lumière de notre unique lampe (car ces sinistres sculptures décadentes qui nous lorgnaient, menaçantes, depuis leurs murs écrasants, ne nous tentaient plus), et que nous commençâmes à marcher prudemment, sur la pointe des pieds voire à quatre pattes, entre les tas de débris, le sol étant de plus en plus encombré.

En plus de son nez, Danforth avait de meilleurs yeux que moi. En effet, c'est encore lui qui remarqua en premier l'aspect étrange des fragments, après que nous avions franchi beaucoup de passages voûtés à moitié bouchés menant aux salles et couloirs du rez-de-chaussée. Les lieux n'avaient pas tout à fait l'apparence qu'ils auraient dû avoir après des milliers et des milliers d'années d'abandon, et quand, prudemment, nous fîmes un peu plus de lumière, nous vîmes une sorte de traînée récente. L'irrégularité de la couche de débris excluait les traces précises, mais aux endroits plus réguliers, on devinait qu'on avait traîné des objets lourds. À un moment, nous crûmes même distinguer deux marques parallèles évoquant des patins. Cela nous arrêta une fois de plus.

C'est pendant cette pause que nous perçûmes – en même temps, cette fois – l'autre odeur, devant nous. Paradoxalement, elle était à la fois moins effrayante et davantage ; moins horrible intrinsèquement, mais infiniment abominable dans l'endroit et les circonstances où nous nous trouvions… À moins bien sûr que Gedney… car cette odeur familière était tout simplement celle du pétrole. De l'essence de tous les jours.

Je laisserai le soin aux psychologues d'expliquer ce qui nous motiva ensuite. Nous savions désormais que quelque effroyable prolongement des horreurs du camp devait s'être glissé dans cette noire sépulture des temps anciens, et ne pouvions plus douter qu'une situation abominable – présente ou, pour le moins, récente – nous attendait un peu plus loin. Pourtant, nous nous laissâmes finalement entraîner par notre ardente curiosité… ou notre angoisse… ou encore une forme d'autohypnose, une vague impression de responsabilité envers Gedney, ou que sais-je encore. Danforth reparla à voix basse de l'empreinte qu'il pensait avoir vue, dans le virage d'une ruelle, au cœur des ruines de la surface ;

et du léger son musical flûté – potentiellement d'une importance capitale au vu du compte-rendu de dissection de Lake, malgré sa grande ressemblance avec l'écho dans les cavernes des sommets venteux – que le jeune homme pensait avoir vaguement entendu peu de temps après, montant de profondeurs inconnues. En retour, je parlai à mi-voix de l'état dans lequel nous avions trouvé le camp, de ce qui avait disparu, de ce qu'un unique survivant ayant perdu la tête avait pu concevoir l'inconcevable : une folle traversée des montagnes monstrueuses, suivie d'une descente dans les profondeurs de ces constructions archaïques et inconnues…

Mais aucun de nous deux ne put convaincre l'autre, et pas davantage soi-même, de quoi que ce soit de précis. Immobiles, lampe éteinte, nous remarquâmes un vague filet de lumière du jour très diluée qui empêchait l'obscurité d'être totale. Ayant recommencé à avancer machinalement, nous nous repérions de temps à autre en allumant brièvement notre torche. Les débris déplacés nous laissaient une impression dont nous ne parvenions pas à faire abstraction. L'odeur d'essence, quant à elle, était plus forte. Nous voyions de plus en plus de ruines qui nous gênaient dans notre progression et, très vite, nous comprîmes que la voie allait bientôt être obstruée. Nous ne nous étions malheureusement pas trompés dans notre évaluation pessimiste de la fissure aperçue au cours de notre survol. Nous nous étions lancés dans une quête aveugle ; nous ne parviendrions même pas à atteindre le sous-sol où s'ouvrait la voie de l'abysse.

La torche, en éclairant par intermittence les sculptures grotesques sur les murs du couloir dans lequel nous nous trouvions, révéla l'existence de plusieurs portes obstruées à divers degrés ; et l'odeur d'essence – submergeant tout à fait l'autre – émanait plus particulièrement de l'une d'elles. En y regardant mieux, nous vîmes que l'entrée en question avait récemment été déblayée d'une partie des décombres bloquant le passage. Quelle que fût la nature de l'horreur tapie, nous pensions que cette porte y mènerait tout droit. Je ne crois pas que quiconque nous en voudra d'avoir attendu un certain temps avant de nous lancer.

Et pourtant, quand enfin nous nous aventurâmes sous la voûte noire, nous eûmes tout d'abord une impression de déception. Car au milieu du sol jonché de débris de cette crypte aux murs sculptés – un cube parfait d'environ six mètres de côté – il ne restait pas un seul objet récent de taille immédiatement perceptible, si bien que nous cherchâmes une autre entrée, en vain. Toutefois, quelques instants plus tard, le regard acéré de Danforth repéra une zone du sol où les débris avaient été déplacés. Aussitôt, nous allumâmes à fond nos deux lampes. Même si ce que nous vîmes à leur lumière était en réalité aussi simple qu'insignifiant, j'hésite à en parler à cause de ce que cela signifiait. Sur les fragments grossièrement aplanis étaient disséminés plusieurs petits objets. Dans un coin de la zone nivelée, on avait déversé une bonne quantité d'essence, et cela si récemment que l'odeur restait forte malgré l'altitude extrême du plateau. Autrement dit, il ne pouvait s'agir que d'une sorte de campement, dressé par des explorateurs qui, comme nous, avaient rebroussé chemin en trouvant la route de l'abîme inopinément obstruée.

Je serai direct. Les objets disséminés, en substance, venaient tous du camp de Lake : il y avait des boîtes de conserve aussi bizarrement ouvertes que celles que nous avions vues sur les lieux du drame, de nombreuses allumettes brûlées, trois livres illustrés plus ou moins couverts de taches étranges, un flacon d'encre vide avec sa boîte sur laquelle figuraient images et instructions d'utilisation, un stylo plume cassé, des fragments singulièrement découpés de fourrure et de toile de tente, une pile usagée avec mode d'emploi, une brochure pour l'appareil qui nous servait à chauffer les tentes, et divers papiers froissés. Comme si cela ne suffisait pas, lorsque nous défroissâmes les papiers pour voir ce qu'il y avait dessus, nous comprîmes que nous étions à présent devant le plus terrible de tout. Au camp, nous avions trouvé des documents inexplicablement tachés qui auraient dû nous y préparer, mais la même vision dans les cryptes préhumaines d'une cité cauchemardesque était presque insupportable.

Un Gedney pris de démence avait pu tracer les points groupés pour imiter ceux des stéatites verdâtres, tout comme il pouvait être l'auteur des mêmes marques sur les folles sépultures à cinq branches ; on pouvait aussi imaginer qu'il ait fait à la hâte ces croquis peu soignés et d'une précision variable, esquissant les quartiers environnants de la ville et traçant l'itinéraire depuis un lieu représenté par un cercle – lieu que nous n'avions pas prévu de visiter mais que nous identifiâmes comme étant une grande tour cylindrique d'après les bas-reliefs, et qui nous était apparu comme un vaste gouffre rond au cours de notre survol – jusqu'à la structure à cinq branches abritant l'entrée du tunnel.

Il aurait pu, je le répète, être l'auteur de croquis de ce genre ; car ceux que nous avions sous les yeux étaient très manifestement inspirés, comme les nôtres, des bas-reliefs tardifs du labyrinthe glacé (mais pas de ceux que nous avions nous-mêmes vus et dessinés). Cependant, cet empoté, étranger à toute notion artistique, ne pouvait être à l'origine de ces esquisses dont la technique, étrange et assurée, était peut-être supérieure – et ce malgré la précipitation et le manque de soin – à n'importe laquelle des œuvres décadentes d'où elles étaient tirées. C'était là la manière caractéristique et reconnaissable des Anciens ayant vécu à l'apogée de la cité morte.

D'aucuns diront que Danforth et moi devions être complètement fous de ne pas nous enfuir sur-le-champ alors que nos conclusions, d'une nature qu'il m'est inutile de préciser à ceux qui m'ont lu jusqu'ici, ne laissaient désormais, et malgré leur extravagance, plus la moindre place au doute. Oui, peut-être était-ce de la folie ; et n'ai-je d'ailleurs pas qualifié ces montagnes de « démentes » ? Mais je pense percevoir un état d'esprit assez semblable – encore que sous une forme moins extrême – chez les chasseurs qui traquent de dangereux fauves à travers les jungles africaines dans le seul dessein de les photographier ou d'étudier leurs habitudes. Malgré la terreur qui nous paralysait à moitié, la flamme ardente de la fascination et de la curiosité, à force d'être attisée, finit par triompher de nos hésitations.

Bien entendu, nous n'avions pas l'intention d'affronter la ou les créatures qui avaient à coup sûr occupé ces lieux. Toutefois, nous étions à peu près certains qu'elles étaient parties. Elles devaient déjà avoir trouvé l'autre entrée, non loin de là, et y avoir pénétré, en quête des vestiges noirs comme la nuit d'un passé qui, peut-être, les attendait au fond de l'ultime abysse, de ce gouffre qu'elles n'avaient jamais vu. Et si cette entrée était elle aussi obstruée, elles avaient sans doute poussé vers le nord pour en chercher une autre. Nous nous en souvenions, elles étaient en partie indépendantes de la lumière.

En repensant à ce moment, je ne me rappelle pas vraiment les émotions précises qui s'emparèrent de nous, mais seulement le changement d'objectif immédiat qui aviva tant notre sentiment d'impatience. Nous n'avions certes pas l'intention de nous retrouver nez à nez avec ce que nous redoutions tant mais, je ne peux le nier, il n'est pas impossible que nous ayons eu, de manière secrète et inconsciente, le désir de surprendre certaines choses depuis une cachette quelconque. Nous n'avions probablement pas perdu l'envie de jeter un coup d'œil à l'abysse, mais nous avions un nouveau but plus urgent : nous rendre en ce lieu représenté par un grand cercle sur les croquis chiffonnés. Nous avions tout de suite reconnu la monstrueuse tour cylindrique figurant dans les tout premiers bas-reliefs, mais qui, vue du dessus, avait l'apparence d'une gigantesque béance ronde. Ses représentations, y compris dans ces schémas réalisés à la hâte, avaient un je ne sais quoi d'impressionnant qui nous donnait à penser que les niveaux sous la glace avaient dû conserver une importance particulière. Peut-être renfermaient-ils des merveilles architecturales telles que nous n'en avions jamais vu. L'édifice ne pouvait être qu'incroyablement ancien, si l'on en croyait les sculptures dans lesquelles il apparaissait ; il comptait même parmi les premières constructions de la cité. Ses frises, si elles étaient encore en bon état, étaient forcément d'une importance primordiale. De plus, la tour offrirait peut-être un lien immédiat avec le monde de la surface, un chemin plus court que celui que nous avions si prudemment suivi et, probablement, que celui par lequel étaient descendues les créatures.

Quoi qu'il en soit, nous étudiâmes les effroyables croquis – qui confirmèrent tout à fait notre propre plan – puis rebroussâmes chemin pour rejoindre l'édifice circulaire par l'itinéraire indiqué, cet itinéraire que nos prédécesseurs inconnus avaient dû traverser deux fois avant nous. L'accès le plus proche à l'abysse devait se trouver au-delà. Je n'ai pas besoin de vous parler du trajet, que nous jalonnâmes parcimonieusement de morceaux de papier, car il était pour ainsi dire identique à celui qui nous avait menés au cul-de-sac à ceci près que ce chemin restait davantage au niveau du rez-de-chaussée et descendait même dans les couloirs du sous-sol. Ici et là, nous repérions une marque inquiétante dans la couche de débris sous nos pieds et, une fois sortis de la zone qui empestait l'essence, nous sentîmes de nouveau – faiblement, par intermittence – l'autre odeur, plus hideuse et tenace. Après que le chemin se fut écarté de notre premier itinéraire, nous braquâmes ici et là, furtivement, le faisceau d'une de nos lampes sur les murs, et nous remarquâmes presque chaque fois la quasi-omniprésence des sculptures, qui semblaient bien avoir été l'une des principales formes d'expression esthétique des Anciens.

Vers 21 h 30, alors que nous traversions un couloir voûté dont le sol, de plus en plus glacé, paraissait se trouver un peu en dessous du niveau de la terre, et dont le plafond baissait à mesure que nous avancions, nous commençâmes à voir la forte lumière du jour droit devant, ce qui nous permit d'éteindre notre torche. Nous arrivions au vaste espace circulaire, et la distance qui nous séparait de l'air libre ne pouvait plus être bien grande. Le couloir se termina sur une voûte étonnamment basse pour ces ruines mégalithiques, mais qui ne nous empêcha pas d'avoir un bon aperçu du dehors avant même d'être sortis. Au-delà s'étalait un prodigieux espace circulaire d'au moins soixante mètres de diamètre, jonché de décombres et entouré de nombreux passages voûtés semblables à celui par lequel nous allions déboucher, à ceci près qu'ils étaient obstrués. Les murs, sur les surfaces utilisables, étaient hardiment sculptés en une frise formant une spirale aux proportions inhumaines ; l'ensemble, malgré les dégâts dus aux intempéries dans ce lieu ouvert aux quatre vents, était d'une splendeur artistique dépassant tout ce que nous avions vu jusque-là. Le sol jonché de décombres était couvert d'une très épaisse couche de glace, et nous estimâmes que le fond véritable devait se trouver beaucoup plus bas.

Mais le plus remarquable était la titanesque rampe de pierre qui, évitant les voûtes par un brusque virage au-dessus de la place, s'élevait en spirale le long de l'incroyable paroi cylindrique, telle une réplique intérieure de celles qui, jadis, tournaient autour des gigantesques tours ou ziggourats de l'antique Babylone. Seules la rapidité de notre vol et la perspective, qui confondait la descente avec le mur intérieur de la tour, nous avaient empêchés de remarquer cette particularité depuis le ciel, ce qui nous avait conduits à chercher un autre moyen d'accéder aux niveaux situés sous la glace. Pabodie aurait peut-être su dire par quelle technique elle tenait en place, mais Danforth et moi ne pûmes qu'admirer et nous émerveiller. Nous vîmes d'énormes piliers et encorbellements, mais pas un élément ne semblait adapté à sa fonction. L'édifice était formidablement bien conservé jusqu'au sommet actuel de la tour – fait particulièrement remarquable étant donné son exposition – et avait abrité les étranges et inquiétantes sculptures cosmiques sur les murs.

En débouchant dans la pénombre impressionnante qui régnait au fond de ce monstrueux cylindre – vieux de cinquante millions d'années et donc, à coup sûr, l'édifice le plus primitif sur lequel nous ayons jamais posé les yeux – nous vîmes que les parois vertigineuses traversées par la rampe faisaient près de vingt mètres de haut. D'après nos observations en vol, cela signifiait une couche de glace extérieure d'une bonne douzaine de mètres ; puisque le gouffre béant que nous avions vu de l'avion se trouvait au sommet d'une butte de blocs effondrés d'une hauteur approximative de six mètres, relativement protégée, sur les trois quarts de son pourtour, par les gigantesques murs courbes d'une enfilade de ruines plus élevées. D'après les bas-reliefs, la tour, à l'origine, se dressait au milieu d'une immense place circulaire et mesurait peut-être cent cinquante ou cent quatre-vingts mètres de haut ; elle comportait des disques horizontaux superposés près de son sommet, et des flèches très effilées le long de la bordure supérieure. Pour l'essentiel, les murs s'étaient plutôt effondrés vers l'extérieur ; un heureux hasard, car, autrement, la rampe aurait pu être détruite et l'intérieur totalement obstrué. En l'occurrence, ladite rampe avait subi d'importants dégâts, et l'accumulation de gravats était telle que toutes les voûtes semblaient avoir été récemment déblayées en partie.

Il ne nous fallut pas plus de quelques instants pour conclure que c'était bien par là que les autres étaient descendus et qu'il nous faudrait remonter, selon toute logique et malgré la longue piste de morceaux de papier que nous avions laissée ailleurs. Le sommet béant de la tour n'était pas plus éloigné des contreforts et de l'endroit où attendait notre avion que le grand édifice en terrasses dans lequel nous avions pénétré et, de toute façon, si nous reprenions notre exploration sous la glace au cours de cette mission, cela ne pourrait se faire que dans les environs. Étrangement, nous envisagions encore la possibilité de revenir, et ce en dépit de tout ce que nous avions vu et deviné. Mais alors que nous nous frayions prudemment un chemin parmi les décombres jonchant la grande esplanade, quelque chose occulta pour un temps toute autre préoccupation.

C'étaient trois traîneaux rangés bien proprement les uns contre les autres dans l'angle le plus éloigné de la section la plus basse de la rampe, à l'endroit où elle sortait perpendiculairement du mur, section qui jusque-là avait échappé à notre regard. Ils étaient donc là, les trois traîneaux disparus du camp de Lake, éprouvés par un rude traitement ; car on avait dû les traîner longuement et avec force sur les dalles et décombres sans neige, de même qu'il avait sans doute fallu les porter pour franchir des zones totalement impraticables. Ils étaient soigneusement et intelligemment chargés et sanglés, et contenaient des objets que nous aurions eu du mal à ne pas reconnaître : le poêle à essence, les bidons de carburant, étuis d'instruments, boîtes de conserve, des bâches manifestement bourrées de livres, et d'autres renflées sous l'effet d'un contenu moins évident. Tout cela provenait de l'équipement de Lake.

Après ce que nous avions trouvé dans la salle souterraine, nous nous étions, dans une certaine mesure, préparés à cette découverte. Le véritable choc se produisit lorsque nous nous approchâmes et défîmes une bâche dont la forme nous avait paru particulièrement inquiétante. Apparemment, Lake n'avait pas été le seul à s'intéresser à la collecte de spécimens typiques ; car nous en avions deux sous les yeux, raidis par le froid, parfaitement conservés, avec des morceaux de sparadrap aux endroits du cou où ils avaient été blessés, et soigneusement enveloppés de manière à prévenir tout autre dégât. C'étaient les cadavres du jeune Gedney et du chien disparu.

X

Nombreux seront ceux qui, probablement, nous jugeront insensibles et fous d'avoir pensé au tunnel nord et à l'abysse si peu de temps après avoir fait cette macabre découverte, et je ne jurerais pas que nous serions revenus immédiatement à cette idée sans la circonstance particulière qui survint et déclencha une toute nouvelle série de conjectures. Nous avions replacé la bâche sur le pauvre Gedney et nous trouvions dans un état de muette stupéfaction lorsque des bruits parvinrent jusqu'à notre conscience ; les premiers que nous entendions depuis que nous avions quitté la surface, où le vent gémissait faiblement du haut des sommets formidablement élevés. Bien qu'ils fussent familiers et banals, entendre de tels bruits dans ce lointain royaume de la mort était plus inattendu et démoralisant que n'aurait pu l'être n'importe quel son insolite ou surnaturel, car ils venaient bousculer une fois encore notre conception de l'harmonie cosmique.

S'ils avaient un tant soit peu ressemblé à cet étrange son flûté à large tessiture que le rapport de dissection de Lake nous avait conduits à attribuer par avance aux créatures – et qu'en réalité nos imaginations à bout avaient cru reconnaître dans chaque plainte du vent depuis notre arrivée au camp dévasté – ils auraient au moins présenté une sorte de conformité infernale avec cette région morte depuis des millénaires, une voix d'un autre temps étant à sa place dans un cimetière d'un autre temps. Mais en l'occurrence, ce bruit réduisait à néant tous nos réglages profondément établis, notre tacite acceptation de l'Antarctique comme un désert aussi absolument et irrévocablement vide de tout vestige de vie normale que le disque stérile de la lune. Ce que nous entendions n'était pas la voix légendaire d'un quelconque blasphème enfoui sous une terre antique et surnaturellement dure de laquelle un soleil polaire hors du temps aurait arraché quelque monstrueuse réaction. Non, c'était une chose si ridiculement normale et immanquablement familière – depuis notre séjour en mer au large des côtes de la terre Victoria et l'époque où nous campions dans le détroit de McMurdo – que nous tremblâmes de l'entendre en ce lieu où elle n'aurait pas dû être possible. En un mot, c'était un cri rauque de manchot.

Le son étouffé montait de renfoncements sous la glace, presque en face du couloir par lequel nous étions arrivés, c'est-à-dire exactement dans la direction de l'autre tunnel menant au vaste abîme. La présence d'un oiseau marin vivant de ce côté – dans un monde dont la surface était uniformément dénuée de vie, et ce depuis des temps immémoriaux – ne pouvait mener qu'à une conclusion ; aussi notre première idée fut-elle de vérifier la réalité objective de ce son. En effet, il se répétait, et semblait même parfois provenir de plus d'un gosier. Partant à la recherche de son origine, nous franchîmes une voûte presque entièrement déblayée et reprîmes notre exploration – non sans avoir prélevé, avec une drôle de répugnance, une réserve de papier supplémentaire dans l'un des chargements bâchés sur les traîneaux – en laissant derrière nous la lumière du soleil.

Le sol glacé faisant place à une jonchée de détritus, nous distinguâmes clairement de curieuses traînées ; Danforth trouva même une empreinte nette qu'il m'est inutile de vous décrire. La direction des cris de manchot correspondait précisément à celle qu'indiquaient notre plan et notre boussole pour rejoindre l'entrée du tunnel nord. Nous découvrîmes avec satisfaction, au rez-de-chaussée et au sous-sol, un passage sans pont qui nous parut dégagé. D'après le plan, le tunnel devait partir du sous-sol d'un grand édifice pyramidal dont nous nous souvenions vaguement pour avoir remarqué, lors de notre vol de reconnaissance, qu'il était remarquablement bien conservé. En chemin, notre lampe révéla l'habituelle profusion de sculptures, mais nous ne prîmes pas le temps d'en regarder une seule.

Tout à coup, une imposante forme blanche surgit devant nous. Nous allumâmes la seconde torche. Étrangement, cette nouvelle quête avait totalement détourné nos esprits de leurs craintes initiales quant à ce qui pouvait se tapir non loin. Les créatures, ayant laissé leur matériel sur la grande place circulaire, avaient probablement prévu de revenir après leur excursion vers ou dans l'abysse ; et pourtant, nous avions oublié toute prudence les concernant, comme si elles n'avaient jamais existé. Cette chose blanche qui se dandinait devant nous mesurait bien un mètre quatre-vingts, mais nous comprîmes aussitôt qu'il ne s'agissait pas d'une de ces créatures. Elles étaient plus grandes, plus sombres et, d'après les bas-reliefs, se déplaçaient vite et avec assurance à la surface, malgré les étranges tentacules marins dont elles étaient équipées. Mais il serait futile de prétendre que la chose blanche ne nous effraya pas profondément. En effet, nous fûmes un instant saisis d'une terreur primitive presque plus intense que la pire de nos peurs raisonnées à l'égard des autres créatures. Puis la tension redescendit subitement lorsque la forme laiteuse se faufila dans un passage latéral sur notre gauche pour aller rejoindre deux de ses congénères qui l'avaient appelée de leur voix rauque. Car ce n'était qu'un manchot, quoique d'une race énorme et inconnue, bien plus grande que les plus grands manchots royaux, et monstrueuse en ceci que la bête était à la fois albinos et quasiment sans yeux.

Nous la suivîmes dans le tunnel voûté et braquâmes nos deux torches sur les trois animaux indifférents et insouciants, ce qui nous permit de voir que tous étaient albinos et aveugles et appartenaient à la même espèce inconnue et gigantesque. Leur taille nous rappela certains manchots archaïques représentés dans les bas-reliefs des Anciens, et il ne nous fallut pas longtemps pour en conclure qu'ils en descendaient. Sans doute la lignée avait-elle survécu en se repliant dans quelque région souterraine plus chaude, dont l'obscurité perpétuelle avait détruit leur pigmentation et réduit leurs yeux à de simples fentes inutiles. On ne pouvait douter que leur habitat actuel fût le grand gouffre que nous cherchions ; et cette preuve qu'il demeurait habitable et à température constante nous emplit d'idées tout à fait singulières et vaguement inquiétantes.

Nous nous demandions aussi ce qui avait pu pousser ces trois oiseaux à s'aventurer hors de leur domaine habituel. L'état et le silence de la grande ville morte montraient clairement qu'elle n'avait jamais servi de colonie estivale récurrente ; quant à l'indifférence manifeste des trois animaux pour notre présence, elle rendait improbable l'hypothèse suivant laquelle les autres auraient pu leur faire peur en passant. Était-il possible que les créatures se soient montrées agressives, ou qu'elles aient voulu augmenter leurs réserves de viande ? Nous doutions que l'odeur âcre qui avait tant dérangé les chiens eût éveillé le même genre d'antipathie chez les manchots, car leurs ancêtres avaient manifestement vécu en excellents termes avec les Anciens, une relation amicale qui devait se poursuivre dans l'abîme, pour autant qu'il reste des Anciens. Regrettant – dans un sursaut de notre vieil esprit purement scientifique – de ne pouvoir prendre de clichés de ces anomalies de la nature, nous les abandonnâmes bientôt à leurs jabotages et poussâmes vers le gouffre que, désormais, nous savions ouvert, et dont les empreintes occasionnelles des manchots nous indiquaient la direction.

Peu après, nous descendions un long couloir bas en pente raide, sans porte, et étrangement dénué de sculptures, qui nous fit penser que nous approchions enfin de l'entrée du tunnel. Nous avions encore croisé deux manchots, et en avions entendu d'autres droit devant nous. Puis le couloir déboucha sur un espace ouvert si vaste que nous ne pûmes que retenir notre souffle en le voyant. Il s'agissait d'une parfaite demi-sphère inversée, à l'évidence très profondément enfouie, de trente mètres de diamètre pour quinze de haut, dotée de basses portes voûtées ouvrant de tous côtés de sa circonférence sauf un, où béait une noire ouverture caverneuse en arc, qui venait casser la symétrie de la salle à une hauteur de près de quatre mètres cinquante. C'était l'entrée du grand abysse.

Dans cet immense hémisphère, dont le plafond concave était sculpté de manière impressionnante bien que décadente pour ressembler à la voûte céleste primordiale, se dandinaient quelques manchots albinos. Ils n'y étaient pas à leur place, mais n'en avaient cure, dans leur aveugle indifférence. Le tunnel noir ouvrait à perte de vue sur une descente raide ; des montants et un linteau étaient grotesquement ciselés sur le pourtour de son entrée. Nous eûmes l'impression qu'un courant d'air un peu moins froid et peut-être même une légère vapeur sortaient de cette gueule mystérieuse ; et nous nous demandâmes quels êtres vivants autres que ces manchots pouvaient bien se cacher dans les profondeurs du vide infini, mais aussi dans les galeries attenantes, sous le plateau et les montagnes titanesques. Nous nous demandâmes aussi si les traces de fumée que le pauvre Lake avait cru voir au sommet des montagnes, ainsi que l'étrange brume que nous avions nous-mêmes perçue autour du pic couronné de remparts, ne résultaient pas de la remontée par des chemins tortueux du même genre de vapeur issue des entrailles insondables de la terre.

En pénétrant dans le tunnel, nous vîmes qu'il mesurait – du moins au départ – à peu près quatre mètres cinquante de haut et de large, les murs, le sol et le plafond voûté étant bâtis selon l'habituelle maçonnerie mégalithique. Les côtés étaient sommairement décorés de cartouches à la stylisation tardive et décadente ; l'ensemble de la construction et des sculptures était merveilleusement bien conservé. Le sol était dégagé, exception faite d'une légère couche de débris portant les traces du passage des manchots en direction de la sortie, et des autres vers l'intérieur. Plus nous nous enfoncions, plus il faisait chaud, si bien que nous ne tardâmes pas à déboutonner nos lourds vêtements. Nous nous demandâmes s'il y avait là en bas quelque phénomène igné en jeu, et si les eaux de cette mer sans soleil étaient chaudes. Après une courte distance, la maçonnerie fit place à la roche massive, même si le tunnel conservait les mêmes proportions et présentait le même aspect de sculpture régulière. Par endroits la pente variable devenait si forte qu'on avait creusé des rainures dans le sol. À plusieurs reprises, nous remarquâmes les ouvertures de petites galeries latérales qui ne figuraient pas sur notre plan, mais aucune n'était de nature à compliquer notre retour, et toutes offriraient des possibilités de refuge au cas où nous rencontrerions des créatures importunes revenant de l'abysse. L'odeur indéfinissable de ces êtres était très perceptible. Étant donné les circonstances, se risquer dans ce tunnel tenait sans aucun doute de la folie suicidaire mais, chez certains, l'attrait de l'inconnu est plus fort qu'on ne le croit en général ; d'ailleurs, c'était précisément un tel attrait qui nous avait amenés à explorer cet étrange désert polaire. Nous vîmes plusieurs manchots au passage, et fîmes des hypothèses quant à la distance qui nous restait à couvrir. Sur la foi des bas-reliefs, nous nous attendions à une descente abrupte d'environ un kilomètre et demi jusqu'à l'abysse, mais nos précédentes pérégrinations nous avaient montré que l'on ne pouvait se fier tout à fait à ce genre d'estimations.

Au bout de quatre cents mètres, l'indéfinissable odeur se fit beaucoup plus nette, et nous notâmes soigneusement l'emplacement des différentes ouvertures latérales que nous dépassions. Contrairement à l'entrée, on n'y décelait aucune vapeur. La température grimpait vite, et nous ne fumes pas surpris de tomber sur un tas désordonné dont le contenu nous était effroyablement familier. Il se composait de fourrures et de toiles de tente provenant du camp de Lake ; nous ne nous arrêtâmes pas pour étudier les formes étranges qu'on leur avait données en les tailladant. Légèrement plus loin, nous remarquâmes une nette augmentation de la taille et du nombre des galeries latérales, et décidâmes que nous avions atteint le sous-sol des contreforts les plus élevés, où le réseau de tunnels était le plus dense. L'odeur indescriptible se mélangeait curieusement à une autre, à peine moins écœurante, dont nous ne pûmes déterminer la nature, mais qui nous fit penser à des organismes en décomposition et, peut-être, à des champignons inconnus à la surface. Puis le tunnel s'élargit d'une façon d'autant plus surprenante que les bas-reliefs ne nous avaient pas préparés à un tel changement ; il prit de la largeur et de la hauteur pour se transformer en une impressionnante caverne en forme d'ellipse et d'aspect naturel dont le sol mesurait plus de vingt mètres de long pour quinze de large, et dont les côtés étaient percés de nombreux passages immenses s'enfonçant dans les ténèbres mystérieuses.

Bien que cette caverne fût apparemment naturelle, une inspection à l'aide de nos deux torches révéla qu'elle s'était formée à la suite de la destruction artificielle de plusieurs parois séparant des galeries adjacentes. Les parois étaient rugueuses, la haute voûte couverte de stalactites. Mais le sol de roche brute avait été aplani, et était si vierge de décombres, de débris ou même de poussière que c'en était anormal. À part le chemin par lequel nous étions arrivés, c'était vrai du sol de tous les grands tunnels qui partaient de la caverne, et cette particularité était si frappante que nous nous interrogeâmes en vain. La curieuse odeur fétide qui s'était ajoutée à l'innommable puanteur initiale était excessivement âcre, au point même d'éclipser totalement l'autre. Ce lieu, avec son sol poli, voire presque luisant, nous sembla plus obscurément déroutant et horrible que n'importe laquelle des monstruosités que nous avions rencontrées jusque-là.

La régularité du passage juste devant nous ainsi que l'abondance de fientes de manchots nous dispensèrent d'hésiter sur le chemin à suivre, malgré la pléthore d'entrées d'égale grandeur. Cependant, nous décidâmes de reprendre notre piste de papier au cas où surviendrait une nouvelle complication ; car bien entendu, en l'absence de poussière, nous ne pouvions plus compter sur les empreintes. Reprenant notre marche, nous braquâmes notre torche sur les murs du tunnel… et nous nous arrêtâmes net, estomaqués par le changement radical des sculptures dans cette partie du passage. Bien sûr, nous étions conscients de la grande décadence de l'art des Anciens à l'époque où le tunnel avait été creusé, et nous avions bien remarqué le travail inférieur des arabesques dans les sections que nous venions de traverser. Mais dans cette zone plus profonde après la caverne, nous vîmes une brusque différence qui ne pouvait s'expliquer ; une différence fondamentale de nature aussi bien que de qualité, supposant une régression si profonde et désastreuse du savoir-faire des artistes que rien, dans les signes de déclin observés jusque-là, n'aurait pu la laisser prévoir.

Ces nouvelles œuvres dégénérées étaient grossières, prétentieuses, et leurs détails manquaient totalement de finesse. Elles étaient creusées en bandes excessivement profondes suivant la même ligne générale que les cartouches disséminés dans les sections précédentes, et les reliefs n'atteignaient pas le niveau de la surface. Danforth était d'avis qu'il s'agissait d'une seconde gravure, une sorte de palimpseste obtenu après oblitération du motif d'origine. Elles étaient de nature purement décorative et conventionnelle, et étaient composées de spirales et d'angles grossiers suivant à peu près la tradition mathématique du quintile, si chère aux Anciens ; toutefois, cela ressemblait davantage à une parodie qu'à une perpétuation de ladite tradition. Nous ne pouvions nous ôter de l'esprit qu'au-delà de la technique, quelque élément subtil mais profondément étranger s'était ajouté au style esthétique, élément étranger qui, d'après Danforth, était responsable de cette laborieuse substitution. Ces œuvres étaient proches et, cependant, bizarrement différentes de ce que nous avions appris à reconnaître pour l'art des Anciens ; je ne pouvais m'empêcher de penser à des œuvres hybrides, comme les disgracieuses sculptures palmyréniennes inspirées du style romain. La présence d'une pile de lampe usagée, sur le sol, devant l'un des cartouches les plus caractéristiques, nous révéla que d'autres avaient récemment examiné cette ceinture de bas-reliefs.

Puisque nous n'avions pas de temps à perdre en études scientifiques, nous reprîmes notre route après un rapide coup d'œil ; cependant, nous ne manquâmes pas d'éclairer fréquemment les murs pour voir d'autres changements éventuels dans la décoration. Nous ne remarquâmes rien de tel, sinon que, par endroits, les bas-reliefs étaient assez clairsemés à cause des nombreuses entrées de tunnels latéraux au sol lisse. Nous croisions et entendions moins de manchots, mais il nous sembla vaguement en percevoir tout un chœur, très loin, dans les entrailles de la terre. La nouvelle odeur inexplicable était horriblement forte, si bien que nous percevions à peine l'autre puanteur indescriptible.

Vers l'avant, des bouffées visibles de vapeur annonçaient des contrastes thermiques plus accentués, et la relative proximité des falaises sans soleil du grand abysse. Tout à coup, nous vîmes devant nous des obstacles sur le sol luisant, et à coup sûr, il ne s'agissait pas de manchots. Nous allumâmes notre seconde torche après nous être assurés qu'ils étaient parfaitement immobiles.

XI

Une fois encore, me voici parvenu à un point où il m'est très difficile de poursuivre mon récit. À force, je devrais être endurci mais, certaines expériences, certains signes, laissent des cicatrices trop profondes pour qu'on en guérisse, et ne font qu'exacerber la sensibilité de sorte que la mémoire réinsuffle toute l'horreur initiale dans nos souvenirs. Comme je l'ai dit, nous vîmes des obstacles sur le sol poli ; et, je dois le préciser, nos narines furent presque aussitôt assaillies par une très curieuse aggravation de la non moins étrange puanteur dominante, désormais tout à fait mêlée à l'odeur indéfinissable de ceux qui nous avaient précédés. La lumière de la seconde lampe ne laissa aucun doute sur la nature des obstacles, et si nous osâmes les approcher, c'est uniquement parce que même à cette distance, il était évident qu'ils étaient devenus aussi inoffensifs que leurs six congénères exhumés des monstrueuses tombes surmontées de tertres en forme d'étoile, au camp du pauvre Lake.

En effet, ils étaient aussi incomplets que la plupart des spécimens enterrés même si, à voir la flaque d'épais liquide vert sombre qui se répandait autour d'eux, il ne faisait aucun doute que leurs mutilations étaient infiniment plus récentes. Ils n'étaient que quatre alors que, d'après les comptes-rendus de Lake, le groupe qui nous précédait ne comptait pas moins de huit individus. Nous ne nous étions pas du tout attendus à les trouver dans cet état, et nous nous demandâmes quel genre de bataille monstrueuse avait pu se produire là, dans les ténèbres.

Quand on s'en prend à un groupe de manchots, les oiseaux ripostent sauvagement à coups de bec ; et nos oreilles nous confirmaient l'existence d'une colonie, loin vers l'avant. Les autres créatures l'avaient-elles dérangée, provoquant une poursuite meurtrière ? Les obstacles ne suggéraient rien de tel, car, étant donné la résistance des tissus que Lake avait disséqués, des becs de manchots pouvaient difficilement être responsables des terribles blessures que nous commencions à distinguer en approchant. Par ailleurs, les énormes oiseaux aveugles que nous avions croisés nous semblaient singulièrement pacifiques.

Y avait-il eu échauffourée entre les créatures, et les quatre absents étaient-ils responsables ? Si oui, où étaient-ils passés ? Étaient-ils tout proches, et constituaient-ils donc une menace immédiate pour nous ? Nous jetâmes des coups d'œil inquiets vers certains passages latéraux au sol lisse tout en continuant notre approche, lentement, avec une franche réticence. Quelle qu'ait été la raison du conflit, c'était manifestement celui-ci qui avait effrayé les manchots et les avait poussés à errer, ce qui n'était pas dans leurs habitudes. La rixe avait donc dû éclater près de la colonie dont nous percevions vaguement l'écho venant de ce gouffre incommensurable ; en effet, rien ne montrait que les oiseaux aient pu avoir leur habitat à l'endroit où nous nous trouvions. Peut-être la funeste bataille avait-elle tourné à la poursuite, les vaincus battant en retraite vers les traîneaux cachés lorsque leurs poursuivants les avaient achevés. On imaginait ces créatures d'une horreur sans bornes, opposées dans une infernale bataille, surgir de l'abysse noir parmi une nuée de manchots affolés jabotant et fuyant devant elles.

Comme je l'ai dit, nous approchions des corps étendus et mutilés avec lenteur et réticence. Si seulement nous étions ressortis à toutes jambes de ce maudit tunnel, avec son sol lisse et luisant et ses bas-reliefs dégénérés singeant et tournant en ridicule les œuvres qui les avaient précédés... ressortis avant de voir ce que nous vîmes, et avant que nos esprits ne soient marqués à vie, de sorte que jamais plus nous ne serions en mesure de respirer normalement !

Les deux torches braquées sur les corps allongés, nous perçûmes vite un facteur récurrent dans leurs blessures. Tout mutilés, écrasés, tordus et sectionnés qu'ils fussent, la pire lésion commune à tous les cadavres était leur décapitation totale. On avait coupé à chacun sa tête en étoile de mer garnie de tentacules ; et une fois à proximité, nous vîmes qu'il n'y avait pas simplement eu décollation, mais quelque répugnant arrachage ou succion. Une grande flaque de sanie verte se répandait autour, mais sa puanteur était à moitié masquée par la seconde odeur, plus étrange encore, et plus agressive que jamais. C'est seulement une fois arrivés très près des obstacles étendus que nous repérâmes la source de cette dernière odeur inexplicable ; et Danforth, se rappelant certaines sculptures particulièrement frappantes sur l'histoire des Anciens à la période permienne, il y a cent cinquante millions d'années, laissa échapper un cri d'angoisse dont l'écho se répercuta frénétiquement le long de l'archaïque passage voûté aux palimpsestes maléfiques.

Je ne fus pas loin de l'imiter, car j'avais moi aussi vu ces sculptures primitives, et admiré en frémissant la manière dont l'artiste anonyme avait suggéré la repoussante couche de bave visqueuse découverte sur certains Anciens gisant mutilés, à savoir ceux que les effroyables Shoggoths, au cours de la grande guerre de reconquête, avaient massacrés d'atroce manière, et dont ils avaient aspiré la tête jusqu'à l'arracher. Ces sculptures étaient infâmes, cauchemardesques, même quand elles parlaient de temps révolus, vieux comme le monde ; car les Shoggoths et leurs travaux ne devraient jamais être ni vus des hommes, ni représentés par aucun être. L'auteur fou du *Necronomicon* s'était risqué à jurer, non sans appréhension, que nul Shoggoth n'avait été engendré sur cette planète, et que seuls des rêveurs drogués avaient pu ne fût-ce que concevoir leur existence. Des protoplasmes amorphes capables d'imiter et de refléter toutes les formes, tous les organes et actions… visqueuses agglutinations de cellules bouillonnantes… sphéroïdes élastiques de quatre mètres cinquante, infiniment malléables et ductiles… esclaves sous hypnose, bâtisseurs de cités… toujours plus renfrognés, toujours plus intelligents, toujours plus amphibies, toujours plus imitateurs ! Grands dieux ! Quelle folie avait poussé ces maudits Anciens à employer et sculpter pareilles créatures ?

Alors quand Danforth et moi vîmes la bave noire, luisante de fraîcheur, avec ses reflets irisés, collant en couche épaisse à ces corps sans tête, empestant affreusement cette seconde odeur indéfinissable dont seul un esprit malade aurait pu imaginer la source, collant à ces cadavres et parsemant en couches plus fines une partie lisse du mur aux terribles palimpsestes de façon à former une série de points groupés, nous saisîmes l'essence de la peur cosmique jusque dans ses ultimes profondeurs. Ce n'était pas la peur des quatre autres manquants, non, car nous soupçonnions fort qu'ils ne feraient plus de mal à personne. Les pauvres diables ! En fin de compte, ils n'étaient pas mauvais dans leur genre. C'étaient les hommes d'un autre âge, d'un autre ordre d'existence. La Nature leur avait joué un bien vilain tour, et recommencera pour chacun de ceux que les humains, par folie, insensibilité ou cruauté, déterreront encore dans cet horrible désert polaire mort ou endormi. Cette tragédie était tout ce qu'ils avaient gagné à rentrer chez eux.

Ces créatures n'étaient même pas sauvages ; car qu'avaient-elle fait, en réalité ? Ce terrible réveil dans le froid d'une époque inconnue… peut-être avaient-elles été attaquées par des quadrupèdes à fourrure aboyant frénétiquement, et s'étaient-elles défendues malgré leur hébétude, de même que contre les simiens blancs tout aussi frénétiques, avec leur drôle d'enveloppe et leur attirail… Pauvre Lake, pauvre

Gedney... et pauvres Anciens ! Scientifiques jusqu'au bout... Qu'avaient-ils fait que nous n'aurions fait à leur place ? Dieu, quelle intelligence et quelle persévérance ! Quelle incroyable confrontation, comparable à celles, à peine plus crédibles, qu'avaient vécues leurs frères et ancêtres des bas-reliefs ! Radiaires, végétaux, monstres, rejetons des étoiles... quoi qu'ils aient été, c'étaient des hommes !

Ils avaient franchi les pics glacés dont les pentes parsemées de temples avaient jadis été leurs lieux de culte, et dans lesquels ils avaient erré parmi les fougères arborescentes. Ils avaient trouvé leur cité morte ruminant sous sa malédiction, et appris comme nous les derniers chapitres de son histoire dans les bas-reliefs. Puis ils avaient essayé de rejoindre leurs semblables vivants dans les fabuleux abîmes de ténèbres qu'ils ne connaissaient pas... et qu'avaient-ils trouvé ? Tout cela défila en accéléré dans nos esprits, alors que nos regards passaient de ces silhouettes sans têtes et couvertes de bave aux haïssables palimpsestes sculptés et aux diaboliques groupes de points de bave fraîche, à côté, sur le mur ; et que tout en regardant, nous comprenions ce qui avait dû triompher et survivre là en bas, dans la ville marine cyclopéenne, au fond de cet abysse noir aux rivages envahis de manchots, et d'où une sinistre brume ondulante et blafarde avait commencé à jaillir, comme en réaction au cri hystérique de Danforth.

Le choc que nous avions éprouvé en reconnaissant cette bave et cette décapitation monstrueuses nous avait laissés pétrifiés et muets, et c'est seulement plus tard, au fil de nos conversations, que nous découvrîmes la parfaite identité de nos pensées à cet instant-là. Nous avions l'impression d'être là depuis une éternité, alors qu'il ne pouvait pas s'être passé plus de dix ou quinze secondes. Cette horrible brume blême s'avançait en ondulant, comme poussée par quelque masse plus lointaine, et alors retentit un bruit qui bouleversa presque tout le plan d'action que nous venions d'établir et, ce faisant, rompit le sortilège, ce qui nous permit de nous lancer dans une course folle qui nous vit repasser devant les manchots qui jabotaient, désorientés, remonter le chemin nous ramenant vers la cité au fil de couloirs mégalithiques enfoncés sous les glaces, déboucher dans la grande cour circulaire, puis gravir l'archaïque rampe en spirale dans une ruée machinale et frénétique vers l'air sain du dehors et la lumière du jour.

Ce nouveau bruit, comme je l'ai indiqué, bouleversa presque tous nos plans ; car c'était le son que la dissection de Lake nous avait conduits à attribuer à ceux qu'un instant plus tôt nous estimions morts. Danforth m'avoua plus tard qu'il s'agissait précisément de ce qu'il avait entendu, extrêmement étouffé, après le virage d'une ruelle, au-dessus de la surface des glaces ; et ce son présentait certainement une ressemblance frappante avec les hurlements flûtés du vent que nous avions tous deux entendus autour des hautes cavernes montagneuses. Au risque de paraître puéril, j'ajouterai une dernière chose, ne serait-ce que parce que l'impression de Danforth, étonnamment, rejoignit la mienne. Bien sûr, c'étaient nos lectures communes qui nous avaient amenés à une telle interprétation, bien que Danforth ait évoqué d'étranges théories selon lesquelles Poe aurait pu avoir accès à des sources insoupçonnées et interdites pendant l'écriture de son *Arthur Gordon Pym*, il y a un siècle de cela. On se rappellera que dans ce récit fantastique se trouve un mot à la signification inconnue mais terrible et prodigieuse, liée à l'Antarctique, et que crient encore et toujours les oiseaux géants et à la blancheur spectrale au cœur de cette région maléfique : « *Tekeli-li! Tekeli-li!* » Je dois le reconnaître, c'est exactement ce que nous crûmes avoir distingué dans ce bruit soudain derrière la brume blanche qui roulait vers nous, cet insidieux sifflement musical à la tessiture étonnamment étendue.

Nous avions pris nos jambes à notre cou avant même que la troisième note ou syllabe eût retenti. Certes, nous savions que la rapidité des Anciens permettrait à un poursuivant ayant survécu au massacre, attiré par le cri, de nous rattraper en un instant si l'envie lui en prenait vraiment, mais nous avions le vague espoir qu'un comportement pacifique et la démonstration de facultés parentes pourraient pousser un être comme celui-là à nous épargner en cas de capture, ne serait-ce que par curiosité scientifique. Après tout, s'il n'avait rien à craindre pour lui-même, il n'aurait aucune raison de nous faire du mal. La discrétion étant futile dans de telles circonstances, nous nous servîmes de notre torche pour jeter un coup d'œil en arrière tout en continuant de courir. Nous remarquâmes que la brume s'éclaircissait.

Allions-nous enfin voir un spécimen intact et vivant de ces fameuses créatures ? À nouveau retentit l'insidieux son musical flûté : « *Tekeli-li ! Tekeli-li !* »

Alors, remarquant que nous distancions notre poursuivant, nous comprîmes que l'entité était peut-être blessée. Cependant, nous ne pouvions prendre le moindre risque, car il était tout à fait évident qu'elle approchait en réponse au cri de Danforth, et non pour fuir une autre créature. Les choses s'enchaînaient trop vite pour qu'il s'agisse d'une coïncidence. Quant à savoir où se trouvait ce cauchemar plus inconcevable et indéfinissable encore – cette montagne fétide encore invisible de protoplasme cracheur de bave dont l'espèce avait conquis l'abysse et envoyé des pionniers resculpter les galeries de la montagne et s'y contorsionner –, nous n'en avions pas la moindre idée ; et nous ressentions un véritable serrement de cœur à abandonner cet Ancien probablement infirme, peut-être l'unique survivant de son groupe, au danger d'une nouvelle capture et à un sort innommable.

Dieu merci, nous ne ralentîmes pas notre course. Les volutes de brume avaient retrouvé leur épaisseur, et avançaient de plus en plus vite ; pendant ce temps, derrière nous, les manchots errants jabotaient, criaillaient et montraient les signes d'une panique vraiment surprenante étant donné leur relatif manque de réaction quand nous étions passés devant eux. Le sinistre son flûté à large tessiture retentit une fois de plus : « *Tekeli-li ! Tekeli-li !* » Nous nous étions trompés. La chose n'était pas blessée, mais avait simplement fait halte en croisant les corps de ses semblables tombés, et la diabolique inscription à la bave, au-dessus d'eux. Nous ne connaîtrions jamais le sens de ce message démoniaque mais les tombes, au camp de Lake, nous avaient montré l'importance que ces êtres accordaient à leurs morts. Notre torche, dont nous usions sans retenue, révéla devant nous la vaste caverne ouverte dans laquelle convergeaient différents tunnels, et nous fûmes heureux de laisser derrière nous ces morbides sculptures palimpsestiques, dont nous sentions encore presque la présence quand bien même nous ne les distinguions quasiment plus.

L'approche de la caverne nous fit aussi penser à la possibilité de semer notre poursuivant dans ce carrefour déconcertant de galeries. Il y avait plusieurs manchots aveugles et albinos dans le grand espace et, à l'évidence, leur peur de l'entité qui approchait était si extrême qu'elle confinait à l'inexplicable. À partir de là, si nous réduisions le faisceau de notre torche au strict minimum pour nous déplacer et tenions cette dernière braquée droit devant nous, l'agitation et les cris rauques des énormes oiseaux épouvantés dans la brume atténueraient peut-être le bruit de nos pas tout en cachant la direction que nous suivions, ce qui aurait pour effet de brouiller les pistes. Dans le brouillard bouillonnant, le sol jonché et rugueux du tunnel principal au-delà de ce point, à la différence des autres galeries, maladivement polies, se distinguait à peine ; pas même, pour autant que nous puissions le dire, pour ces fameux sens spéciaux rendant les Anciens partiellement, bien qu'imparfaitement, indépendants de la lumière en cas d'urgence. En réalité, nous avions nous-mêmes un peu peur de nous égarer dans notre hâte. Car bien entendu, nous avions décidé de nous diriger tout droit vers la cité morte ; en effet, se perdre dans ces galeries inconnues sous les contreforts aurait des conséquences inimaginables.

Le fait que nous ayons survécu et soyons ressortis suffit à prouver que la chose a bien emprunté la mauvaise galerie pendant que la providence nous faisait prendre la bonne. Les manchots à eux seuls n'auraient pu nous sauver, mais il semblerait qu'ils y soient parvenus avec l'aide de la brume. Un destin bienveillant avait voulu que les volutes de vapeur gagnent en épaisseur au moment opportun, car elles se déplaçaient et menaçaient en permanence de disparaître. C'est d'ailleurs ce qui se produisit l'espace d'une seconde, juste avant que nous émergions du tunnel aux écœurants bas-reliefs palimpsestiques pour déboucher dans la caverne, ce qui nous permit d'avoir un premier aperçu, quoique partiel, de notre poursuivant, en jetant un ultime coup d'œil de terreur et de désespoir en arrière avant de baisser la lumière de notre lampe et de nous mêler aux manchots en espérant échapper à la créature. Si le destin se montra bienveillant en nous dissimulant, il fit preuve d'une infinie cruauté en nous accordant cet aperçu ; car ce que nous entraperçûmes en un éclair fut en grande partie responsable de l'horreur qui n'a plus jamais cessé de nous hanter.

Peut-être est-ce simplement l'instinct immémorial poussant le fugitif à évaluer la nature et le chemin suivi par son poursuivant qui nous fit jeter ce coup d'œil, ou peut-être était-ce un réflexe répondant à une question subconsciente soulevée par l'un de nos sens. En pleine fuite, toutes nos facultés étant focalisées sur le problème de notre salut, nous n'étions pas en état d'observer et d'analyser les détails ; et pourtant, même comme cela, nos cellules cérébrales latentes durent s'interroger sur le message que leur envoyaient nos narines. Après coup, nous comprîmes de quoi il s'agissait ; que notre retraite devant la bave fétide recouvrant les obstacles décapités et l'approche simultanée de l'entité qui nous pourchassait ne nous avait pas apporté l'échange de puanteurs qu'exigeait la logique. À proximité des cadavres, la plus récente des deux odeurs fétides, encore inexplicable, avait largement prédominé ; mais à cette distance, elle aurait dû presque disparaître au profit de l'indicible relent associé aux « autres ». Ce n'était pas le cas ; à la place, la seconde odeur, moins supportable, était désormais pratiquement pure, et paraissait à chaque seconde un peu plus présente et toxique.

Nous nous retournâmes donc ; en même temps, semble-t-il, bien que l'amorce du mouvement de l'un ait sans doute encouragé l'autre à l'imiter. Ce faisant, nous braquâmes nos deux torches à pleine puissance sur la brume momentanément moins dense, soit par simple besoin instinctif de voir tout ce que nous pouvions, soit, de façon moins primitive mais tout aussi inconsciente, pour éblouir la créature avant d'éteindre à nouveau les lampes et de nous faufiler parmi les manchots une fois parvenus au centre du labyrinthe. Grand mal nous en prit ! Ni Orphée lui-même, ni la femme de Loth ne payèrent beaucoup plus cher un regard en arrière. Et une fois de plus revint cet odieux sifflement à large tessiture : « *Tekeli-li ! Tekeli-li !* »

Autant décrire franchement ce que nous vîmes, même si je ne puis supporter d'être tout à fait direct, et bien que sur le moment, nous eûmes tous deux l'impression qu'il ne fallait pas l'admettre, même entre nous. Les mots qui parviendront au lecteur ne pourront jamais rendre compte, même de loin, de l'horrible vision qui s'offrit à nous. Notre conscience se figea complètement, et je m'étonne d'ailleurs que nous ayons gardé assez de bon sens pour baisser nos lumières comme prévu et emprunter le bon tunnel pour regagner la cité morte. L'instinct seul dut nous guider, mieux peut-être que ne l'aurait fait la raison ; quoi qu'il en soit, nous payâmes notre salut au prix fort, car, de raison, nous n'en avions plus guère. Danforth était totalement accablé, et la première chose que je me rappelle du reste du voyage, c'est l'avoir entendu psalmodier d'un air absent une litanie hystérique dans laquelle j'aurais été le seul au monde à voir autre chose que les divagations d'un fou. L'écho de sa voix de fausset se répercutait parmi les jabotages de manchots ; à travers les voûtes devant nous et, Dieu merci, à travers celles de derrière, désormais vides. Il n'en fit pas davantage, sinon nous n'aurions pas été en vie à courir tête baissée comme nous le faisions. Je tremble d'imaginer les conséquences si ses réactions nerveuses avaient été un tant soit peu différentes.

« South Station Under… Washington Under… Park Street Under… Kendall… Central… Harvard… » Le pauvre garçon scandait le nom des stations familières de la ligne de métro Boston-Cambridge dont le tunnel traversait notre paisible terre natale, à des milliers de kilomètres de là, en Nouvelle-Angleterre ; mais ce rituel n'éveilla chez moi ni perplexité, ni nostalgie. Seulement de l'horreur. Car je savais de façon certaine quelle monstrueuse et indicible analogie l'avait inspiré. En nous retournant, nous nous étions attendus, à condition que les vapeurs fussent assez légères, à voir une créature de cauchemar se déplaçant de manière incroyable ; mais nous nous étions fait une idée précise de son apparence. Ce que nous vîmes en l'occurrence – la brume n'étant effectivement que trop malignement transparente – était tout à fait différent, et incommensurablement plus hideux et détestable. C'était l'incarnation parfaite, concrète, de ce que le romancier fantastique nomme « la chose qui ne devrait pas être » ; et son équivalent le plus proche et compréhensible est un énorme métro lancé à toute vitesse, que l'on verrait arriver depuis le quai d'une station, son grand avant noir surgissant tel un colosse des infinies profondeurs souterraines, constellé de lumières étrangement colorées et remplissant la prodigieuse galerie comme un piston remplit un cylindre.

Mais nous n'étions pas sur le quai. Nous étions sur la voie, devant la cauchemardesque colonne élastique de noire iridescence fétide qui avançait en suintant, serrée dans le boyau de quatre mètres cinquante de diamètre, gagnant une vitesse invraisemblable et poussant devant elle un nuage spiralé, redevenu épais, de pâle vapeur d'abysse. Cette indescriptible horreur était plus grande qu'aucun métro ; c'était un amas informe et légèrement luminescent de bulles protoplasmiques sur lesquelles des yeux éphémères apparaissaient par myriades puis disparaissaient, comme autant de pustules de lumière verdâtre sur tout l'avant qui remplissait le tunnel et fondait sur nous en écrasant les manchots affolés et en glissant sur le sol luisant que ses congénères et elle avaient si férocement récuré. Et encore et toujours ce cri surnaturel et narquois : « *Tekeli-li! Tekeli-li!* » Enfin, nous nous rappelâmes que les démoniaques Shoggoths, qui tenaient uniquement leur vie, leur pensée, et leurs organes malléables des Anciens et sans autre langage que celui des groupes de points, avaient pour toute voix les accents imités sur ceux de leurs maîtres disparus.

XII

Danforth et moi nous rappelons avoir débouché dans le grand hémisphère sculpté, et aussi nous être faufilés de salles en couloirs cyclopéens de la cité morte sur le chemin du retour ; cependant, il s'agit de simples bribes de rêves, sans que nous ayons souvenir d'un quelconque acte volontaire, d'une action physique précise, ni du moindre détail. C'était comme si nous avions flotté dans un monde nébuleux, quelque dimension où ni le temps, ni l'orientation, ni les relations de causalité n'existaient. Si le demi-jour gris de la vaste cour circulaire nous calma un peu, nous n'approchâmes pas des traîneaux cachés, et ne revîmes donc ni le pauvre Gedney, ni le chien. Ils ont là un étrange et titanesque mausolée, et j'espère qu'ils reposeront en paix jusqu'à ce que cette planète ne soit plus.

C'est en gravissant la spirale de la rampe colossale que nous ressentîmes pour la première fois la terrible fatigue et l'essoufflement résultant de notre course dans l'air raréfié du plateau ; mais pas même la peur de l'effondrement ne put nous forcer à faire une pause avant d'avoir atteint le monde extérieur normal, celui du ciel et du soleil. Nous quittâmes ces époques ensevelies dans un contexte assez opportun, car, à mesure que nous montions en haletant les vingt mètres du cylindre de maçonnerie primitive, nous apercevions sur le côté une succession ininterrompue de bas-reliefs héroïques sculptés dans le style ancien et intact de la race morte. Un adieu des Anciens, écrit il y a cinquante millions d'années.

Lorsque enfin nous surgîmes du sommet, nous nous retrouvâmes en haut d'une véritable montagne de blocs effondrés ; les murs courbes de l'édifice plus élevé se dressaient à l'ouest, et les pics menaçants de la grande chaîne dépassaient derrière les structures plus dégradées, à l'est. Au ras de l'horizon sud, le soleil de minuit rougeoyant de l'Antarctique jetait des coups d'œil par les fractures des ruines déchiquetées, et l'âge et la torpeur inconcevables de la cité cauchemardesque semblaient d'autant plus extrêmes quand on les comparait à des choses relativement connues et familières, comme les traits du paysage polaire. Au-dessus, le ciel n'était que bouillonnement opalescent de légères vapeurs glacées. Le froid nous saisit littéralement. Nous déposâmes avec lassitude les sacs de matériel auxquels nous nous étions accrochés par réflexe tout au long de notre fuite désespérée et reboutonnâmes nos gros manteaux avant de descendre tant bien que mal la montagne de décombres et de traverser l'immémorial labyrinthe de pierre jusqu'aux contreforts où nous attendait notre avion. Nous ne parlâmes pas du tout de ce qui nous avait poussés à fuir ces ténèbres, domaine des secrets de la terre et des gouffres archaïques.

En moins d'un quart d'heure, nous avions regagné la pente abrupte montant aux contreforts – celle qui était probablement une ancienne terrasse – par laquelle nous étions descendus. Nous apercevions la masse sombre de notre grand avion entre les ruines éparses de la montée, devant nous. Parvenus à mi-hauteur, nous fîmes une pause pour reprendre notre souffle, et nous nous retournâmes afin de jeter encore un regard en contrebas au fantastique dédale paléogène de pierres aux formes incroyables, dédale qui à nouveau se découpait surnaturellement sur l'ouest inconnu. Ce faisant, nous vîmes que le ciel au-delà avait perdu sa brume matinale ; les vapeurs de glace instables étant montées jusqu'au zénith, où leurs contours moqueurs semblaient sur le point d'adopter quelque forme bizarre qu'ils craignaient de rendre de façon plus précise ou concluante.

Apparaissait maintenant sur l'ultime horizon blanc, derrière la cité insolite, une lointaine ligne féerique de pitons violets dont les sommets en aiguilles surgissaient, tel un rêve, sur le rose attirant du ciel occidental. L'antique plateau montait vers cette chatoyante bordure, le lit creux de l'ancien fleuve le traversant à la manière d'un ruban d'ombre irrégulier. Pendant un instant, nous restâmes bouche bée d'admiration face à l'hallucinante beauté cosmique de la scène, mais une vague horreur commença à s'insinuer dans nos âmes. Car cette lointaine ligne violette ne pouvait être que la terrible chaîne de montagnes des terres interdites ; les plus hauts sommets de la terre, concentrant toute sa malveillance ; théâtre d'indicibles horreurs et foyer de secrets archéens ; des pics à la fois fuis et adorés par ceux qui craignaient d'en découvrir la nature ; des pics que nul être vivant sur la planète n'avait jamais foulés, mais sur lesquels se déchaînaient de sinistres éclairs et qui, dans la nuit polaire, projetaient d'étranges rais de lumière au-dessus des plaines. Sans le moindre doute, c'était là l'archétype inconnu de la redoutable Kadath dans le Désert Glacé, au-delà de l'odieuse Leng à laquelle les légendes primitives font de vagues allusions. Nous étions les premiers êtres humains à voir ces montagnes… et plaise au Ciel que nous soyons les derniers.

Si les cartes et images sculptées dans cette cité pré-humaine avaient dit vrai, ces mystérieuses montagnes violettes ne pouvaient pas se trouver à beaucoup moins de cinq cents kilomètres ; et cependant, leur lointaine substance féerique ne se détachait pas moins nettement au-dessus de l'horizon distant et neigeux, tel le bord en dents de scie d'une monstrueuse planète étrangère sur le point de monter vers des cieux extravagants. Leur hauteur devait donc dépasser l'imagination ; sans doute atteignaient-elles des couches atmosphériques où l'oxygène était rare, couches peuplées de spectres gazeux dont certains aviateurs imprudents ont à peine pu murmurer l'existence après une chute inexplicable. En les contemplant, je repensais nerveusement aux bas-reliefs racontant par allusions ce que le grand fleuve défunt avait charrié jusqu'à la cité depuis leurs versants maudits… et me demandais quelle était la part de bon sens et de folie dans les craintes des Anciens qui les sculptaient avec tant de réticences. Je me rappelai que leur extrémité nord devait être proche de la côte de la Reine-Mary où, à ce moment précis, devait œuvrer l'expédition de sir Douglas Mawson, sans doute à moins de mille six cents kilomètres de là, ce qui me conduisit à espérer qu'aucun sort néfaste ne ferait apercevoir à sir Douglas et à ses hommes ce qui pouvait se cacher derrière le mur protecteur de la chaîne côtière. Ces pensées témoignent de l'état d'épuisement dans lequel je me trouvais ; quant à Danforth, il paraissait plus éprouvé encore.

Pourtant, bien avant d'avoir dépassé la grande ruine en forme d'étoile et regagné notre avion, nos peurs s'étaient reportées sur la chaîne, moins élevée mais bien assez gigantesque, que nous allions devoir retraverser. Depuis les contreforts, ses pentes noires couvertes de ruines se dressaient, mornes et hideuses, devant l'orient, ce qui nous rappela une fois encore les étranges peintures asiatiques de Nicolas Roerich ; et lorsque nous pensâmes aux terrifiants dédales qu'elles recélaient et aux effrayantes entités amorphes et fétides qui avaient pu se glisser jusqu'aux galeries des plus hautes cimes creuses, nous ne pouvions que paniquer à l'idée de voler une fois de plus à proximité de ces inquiétantes cavernes bâillant vers le ciel, et dont la gueule émettait des sons rappelant des sifflements musicaux à large tessiture. Pour ne rien arranger, nous vîmes autour de plusieurs sommets de légers mais nets panaches de brume – comme sans doute le pauvre Lake lorsqu'il avait tout d'abord cru la chaîne d'origine volcanique – et pensâmes en frissonnant à la brume semblable à laquelle nous venions d'échapper, mais aussi au maudit abysse d'horreurs d'où provenaient toutes ces vapeurs.

L'appareil étant en parfait état de fonctionnement, nous enfilâmes maladroitement nos grosses fourrures de vol, Danforth démarra le moteur sans problème, et nous fîmes un décollage parfait au-dessus de la cité cauchemardesque. En bas, les primitives constructions cyclopéennes s'étendaient comme la première fois que nous les avions vues – dans un passé à la fois si proche et si infiniment lointain –, et nous commençâmes notre ascension en tournoyant pour tester le vent avant de franchir le col. Il devait y avoir de grandes perturbations à très haute altitude, car, au zénith, les nuages de poussière de glace formaient toutes sortes de silhouettes fantastiques ; mais à sept mille trois cents mètres, la hauteur nécessaire pour franchir le col, la navigation nous parut tout à fait abordable. À l'approche des pics proéminents, le vent refit entendre sa complainte flûtée, et je vis les mains de Danforth trembler sur les commandes. Bien que simple amateur, je pensai alors que je négocierais mieux que lui la dangereuse traversée entre les pics ; et lorsque je fis mine de changer de siège pour me charger du pilotage, il ne protesta pas. Tâchant de garder ma maîtrise et mon sang-froid, je rivai le regard sur le lointain ciel rougeoyant, entre les parois du col, et refusai obstinément de prêter attention aux bouffées de vapeur entourant les sommets. Je regrettais de ne pas avoir les oreilles bouchées à la cire, comme les matelots d'Ulysse au large de la côte des sirènes, afin d'empêcher la complainte aiguë du vent de hanter mes pensées conscientes.

Mais Danforth, dispensé du pilotage et au comble de la tension, était incapable de se tenir tranquille. Je le sentais tourner et virer en regardant derrière nous s'éloigner l'effroyable cité ; devant, les pics rongés par les cavernes et constellés de temples accrochés comme des bernaches ; sur les côtés la morne étendue des contreforts neigeux et parsemés de remparts et, au-dessus, le ciel bouillonnant de nuages grotesques. C'est à ce moment, alors que je m'efforçais de franchir le col sans heurt, que son cri de dément nous fit frôler la catastrophe en réduisant à néant ma concentration et en me faisant l'espace de quelques instants tâtonner, impuissant, sur les commandes. Une seconde plus tard, ma volonté triompha, si bien que nous ressortîmes vivants de la passe. Cependant, j'ai bien peur que Danforth ne soit plus jamais le même.

J'ai dit que Danforth refusait de me révéler quelle ultime horreur lui avait arraché ce hurlement de fou, une horreur qui, j'en suis malheureusement sûr, est la principale responsable de son actuelle dépression. Alors que nous atteignions le bon côté de la chaîne et entamions notre lente descente vers le camp, nous échangeâmes des bribes de conversation en criant pour couvrir les sifflements du vent et le vrombissement du moteur, mais elles portaient surtout sur les promesses de silence que nous nous étions faites alors que nous nous apprêtions à quitter la cité de cauchemar. Il est des choses, étions-nous convenus, que les gens ne doivent pas savoir, ni traiter à la légère, et je n'en parlerais pas maintenant s'il ne me fallait décourager à tout prix l'expédition Starkweather-Moore, entre autres. Il est absolument nécessaire pour la paix et la sécurité de l'humanité que l'on ne touche pas à certains des recoins sombres et morts, certaines profondeurs inviolées de la terre, de peur que des monstres endormis reprennent vie, et que des cauchemars dont la survivance tient du blasphème remontent en se tortillant de leurs noires tanières et surgissent à la surface, attirés par la soif de nouvelles et plus grandes conquêtes.

Tout ce que Danforth a jamais suggéré, c'est que l'horreur finale était un mirage. Cela n'avait rien à voir, affirme-t-il, avec les cubes et cavernes de ces montagnes de la démence, ces sommets sonores nimbés de vapeurs, creusés d'innombrables galeries, que nous avions survolés ; c'était plutôt une unique vision démoniaque, parmi les nuages bouillonnants au zénith, de ce qui, dans l'ouest, se trouvait derrière ces autres montagnes violettes que les Anciens avaient fuies et redoutées. Il est très probable qu'il se soit agi d'une simple hallucination née des épreuves que nous venions de traverser, mais aussi du mirage véritable bien que non identifié de la veille, près du camp de Lake, figurant la cité morte par-delà la chaîne ; toutefois, cela parut si réel à Danforth qu'il en souffre encore.

En de rares occasions, il lui arrive de murmurer des propos incohérents et déraisonnables à propos d'un « puits noir », d'une « bordure sculptée », de « proto-Shoggoths », des « solides à cinq dimensions », de l'« indicible cylindre », de l'« antique Pharos », de « Yog-Sothoth », de la « gelée blanche primordiale », de la « couleur venue d'ailleurs », des « ailes », des « yeux dans le noir », de l'« échelle vers la lune », de l'« originel, l'éternel, l'impérissable », entre autres concepts bizarres ; mais quand il redevient lui-même, il rejette tout cela en l'attribuant aux lectures curieuses et macabres des années précédentes. En effet, Danforth est connu pour être l'un des rares à avoir osé lire dans son intégralité l'exemplaire rongé par les vers du *Necronomicon* que la bibliothèque de l'université garde sous clé.

Les hauteurs du ciel, tandis que nous franchissions le col, étaient certainement vaporeuses et assez perturbées ; et même si je ne voyais pas le zénith, j'imagine sans mal les tourbillons de poussière y prendre d'étranges formes. Sachant avec quel réalisme les décors lointains peuvent être reflétés, réfractés et agrandis par de telles couches de nuages mobiles, l'imagination avait aisément pu combler les blancs. D'autant, bien sûr, que Danforth n'a évoqué ces horreurs-là qu'après que sa mémoire a eu l'occasion de s'inspirer de ses lectures passées. Il est tout à fait impossible qu'il en ait tant vu en un seul regard.

Sur le moment, ses cris se limitèrent à la répétition d'un unique mot dément dont l'origine n'est que trop évidente : « *Tekeli-li ! Tekeli-li !* »

Achevé d'imprimer en février 2021
«La Tipografica Varese Srl» Varese
Imprimé en Italie
Dépôt légal : avril 2021
2811266-1